M. Elie COHEN - Manuscrit

*Être un homme libre et de bonnes mœurs,
dans un pays libre.*

ESPION A TOUT PRIX

ROMAN

ELIE COHEN

Préface

C'est avec grand plaisir que je vais vous présenter ce livre, qui retrace les aventures d'un célèbre Détective.

Avant toute chose, je voudrais préciser que Elie COHEN est un homme loyal, intègre et honnête, son prénom à lui seul est déjà toute une histoire, en effet qui ne connaît pas le Prophète « Elie » qui a vécu au 9e siècle avant J.-C. dans le nord d'Israël et son nom nous rappelle que le COHEN était un prêtre chargé d'officier dans le Temple de Salomon, alors que le COHEN GADOL en était le grand prêtre, seul habilité à pénétrer dans le saint des saints, là où se trouvait l'arche d'alliance.

A ce titre les COHEN sont les «gardiens du Temple » et considérés comme les élus, que l'on appelait aussi les « Elus-Cohens ». Cette caste s'est d'ailleurs propagée jusqu'à nos jours et en 1761, un certain Martines De Pasqually fonda « l'Ordre des Elus Cohens ».

Ceci dit il serait intéressant de retracer l'historique de la profession de Détective :

Dans la mythologie grecque, HERMÈS *(1)* était considéré comme le Dieu des Voyageurs, des Marchands et des Voleurs.... Déjà à cette époque, certains achetaient sans payer et disparaissaient aussi rapidement qu'ils étaient arrivés...!

(1) Les Romains, dont leurs propres divinités avaient souvent leur équivalent chez les Grecs, conclurent qu'il s'agissait du même dieu, caché sous un nom différent, et adoptèrent les légendes grecques déjà inventées à son sujet. C'est ce qu'on appelle le syncrétisme. C'est ainsi que les Romains connaissaient Hermès surtout comme dieu des marchands : ils l'appelaient en effet Mercure, qui vient

du mot «merx» = «marchandise». Ce nom de Mercure a donné notre «mercredi» = « jour de Mercure».

En 1825, un ancien Préfet de Police de PARIS devenu Conseiller d'Etat, Guy DELAVAU (1788-1874), fonda la première agence moderne de Police Privée.

François Eugène VIDOCQ (1775-1857), d'abord bagnard, puis agent secret sous les ordres de Etienne PASQUIER, Préfet de Police, et enfin « chef de la brigade particulière de Sûreté » de 1812 à 1832, remit sa démission au préfet GISQUET des fonctions officielles qu'il occupait et fonda à PARIS, au 12 rue de Cloche-Perce, son office dénommée : Bureau des renseignements universels pour le commerce et l'industrie, qui devint ensuite : l'intermédiaire, bureau de renseignements dans l'intérêt du commerce.

Tout en admettant que le bureau de VIDOCQ puisse faire office de prototype, c'est cependant à tort que VIDOCQ puisse être considéré comme le précurseur du domaine de la "police privée".... En effet, dès 1819, on dénombre déjà à Paris près de 250 "agents d'affaires" proposant une gamme illimitée de services tels que le recouvrement des créances, l'étude des successions, l'exécution des testaments, les transactions immobilières, les surveillances, les renseignements, les recherches de toutes sortes, etc... etc....

Dominique Kalifa brossait, dans son excellent livre "Naissance de la police privée" le tableau suivant : Se prétendant souvent anciens avocats ou *hommes de loi*, mais affichant des compétences illimitées, la plupart des "agents d'affaires" se montrent prêts à tout. Comme l'annoncent les associés Bérard et Goyneau en 1832, il s'agit bien *d'agences universelles*, qui traitent les *affaires de toutes espèces*.... Parmi une majorité de cabinets surtout versés dans le contentieux et les affaires commerciales, certains ont déjà spécifié une vocation plus *privée*.

Depuis 1807 par exemple, un dénommé Villiaume reçoit *les personnes qui désirent* [...] *obtenir quelque renseignement que ce soit*. En 1824 est apparu Jean-Baptiste Robin, qui se fait fort de *fournir, pour tout genre d'affaires, les indications et renseignements convenables pour la célérité et la sûreté des démarches*. Plus explicite encore apparaît Chevalier de Beaufort, qui a fondé en 1832, rue des Deux-Portes-Saint-Sauveur, une *maison de vigilance* proposant *toute espèce de recherches, renseignements et informations d'affaires commerciales, de famille et particulières ; pour recherches d'individus absents ou dont la demeure est ignorée*. Trois ans plus tard, installé dans la très suggestive rue du Chevalier-au-guet, il est devenu plus clair encore : *toute espèce de recherches, de surveillances, de renseignements et d'informations"*....

Au cours de son procès, le Président demanda à VIDOCQ : "*Quel était le but de votre agence de renseignements ?*" VIDOCQ lui répondit : "*C'était d'indiquer au commerce ces escrocs qu'on appelle en termes vulgaires des faiseurs, des briseurs. Ce sont des gens qui achètent de toutes mains, à crédit, et qui revendent aussitôt à 50 pour 100 de perte, c'était de faire connaître les faiseurs haut placés ou se disant tels, qui ont des titres, des châteaux, des voitures, et qui volent ainsi leurs tailleurs, leurs bottiers, leurs fournisseurs*".

C'est en fait une amalgamation hétéroclite de services en tous genres qui alimentaient le quotidien de ces "agents d'affaires" et il n'échappera à personne que la nature originelle et prépondérante de ces "affaires" était plus prononcée dans les domaines spécifiques à la "police privée", au "recouvrement de créances" aux "renseignements commerciaux" ou aux "surveillances", qui sont, à mon sens, les activités basiques des métiers dits "de la sécurité privée".

Force est cependant de constater que ces métiers ont toujours joué un rôle primordial dans l'économie hexagonale en permettant notamment la conclusion de nombreux contrats et en évitant la perte de sommes considérables.

En 1850, Allan PINKERTON, immigré et tonnelier Irlandais, fonda à CHICAGO aux USA, une agence qui porte toujours son nom et qui compte plus de 70 succursales (dont une en Chine) et emploie aujourd'hui plus de 30.000 collaborateurs. Cette agence est considérée aux USA, au même titre que la WELLS FARGO, comme l'ancêtre du F.B.I.

En 1896, Jean-Marie GORON, illustre

chef de la Sûreté Générale en France, créa à son tour un Cabinet Privé, le premier de ce genre à acquérir une véritable dimension européenne.

Au début du XXe Siècle, de multiples agences virent le jour en France, le plus souvent dirigées par des personnalités du monde judiciaire, les plus célèbres furent HARRIS et VILLIOD.

C'est en 1942 que la Loi N°891 du 28 Septembre, fixe une réglementation spécifique en FRANCE concernant la Profession de Directeur et de Gérant d'Agences Privées de Recherches, établie sous le Gouvernement de VICHY par Pierre LAVAL, Chef du Gouvernement, Ministre et Secrétaire d'Etat à l'Intérieur. Elle était antisémite, car interdisait l'accès de cette Profession aux Juifs, elle fut modifiée par le retour de la légalité Républicaine en 1945, appliquée par le Décret N°77-128 du 9 Février 1977 et finalement aménagée en 1980, puis abrogée en 2003 par la nouvelle Loi sur la sécurité intérieure dite «LOI SARKOZY » (Loi n°2003-239 du 18 mars 2003, article 102, Titre II, sous-articles 20 à 33).

L'Agent de Recherche Privée, plus communément appelé « Détective Privé » du mot anglais Détective, qui veut dire « Enquêteur », et que l'on retrouve dans les pays anglo-saxons pour désigner les officiers de police, est soumis aujourd'hui au régime de l'agrément professionnel délivré par l'Etat, sous condition d'obtenir une qualification professionnelle (précisée dans le Décret n° 2005-11 23 du 6 septembre 2005) et ne pas avoir commis d'actes contraires à l'honneur, à la probité ou aux bonnes mœurs. Il peut enquêter même sans faire état de sa qualité, ni révéler l'objet de sa mission, il a pour but de recueillir pour le compte de personnes physiques ou morales, des informations, le plus souvent d'ordre confidentiel, à caractère public ou privé, ou de rechercher des éléments matériels de preuve ou de présomption en vue de la manifestation de la vérité.

Certains Détectives se sont ainsi spécialisés et exercent leur activité dans les domaines de la contre enquête pénale, de l'escroquerie à l'assurance, de la recherche de débiteur, du renseignement économique ou encore de l'enquête financière. Bien sûr il existe une garantie de légalité dans le recours à un Détective Privé, car celui-ci est soumis aux mêmes Lois que n'importe quel citoyen, notamment en ce qui concerne le secret professionnel, le témoignage, le respect de la vie privée et la loyauté de l'apport d'une preuve.

Il serait trop long d'expliciter ici le vaste domaine d'investigation du Détective, ce privilège étant réservé aux syndicats de la profession qui œuvrent depuis de nombreuses années à la reconnaissance d'une profession, qui est véritablement devenue un auxiliaire de justice dans les faits. Il est d'ailleurs édifiant de constater qu'elle n'existe pas dans la plupart des pays totalitaires, où les libertés individuelles ne sont pas respectées. Le Détective est en quelque sorte le recours contre l'arbitraire, celui qui défendra une cause, à charge ou à décharge, afin de faire valoir les droits du citoyen. En effet la Justice instruit à charge et rarement à décharge, les services officiels ne sont là que pour faire respecter la Loi et n'articulent pratiquement jamais dans le sens de la disculpation. Il est évident que tous les abus doivent être combattus, comme toutes les discriminations, et chaque citoyen de notre pays doit pouvoir se défendre en faisant appel à un enquêteur privé, d'où l'importance de celui-ci dans l'organisation de la société.

Notre Détective Elie COHEN, a sans

doute eu le tort à un certain moment de se retrouver confronté à une personne sans scrupules, qui a usé de ses prérogatives pour effacer les traces de sa culpabilité. Heureusement je fais encore confiance à la Justice des Hommes, et toute faute doit un jour être dénoncée, afin que celle-ci ne se reproduise plus à l'infini.

Cette histoire vous passionnera tout autant qu'elle m'a passionné, et vous pourrez ainsi découvrir un métier assez mal connu et pas trop déformé par la télévision et le cinéma. Un retour à la réalité qui vous montre combien est difficile le métier de Détective, surtout dans notre pays.

Charles DMYTRUS

(www.cabinetblanc.net)

Auteur du livre « l'Enquête Sacrée » aux Editions Bénévent.

_____

Chapitre I

Avez-vous lu le livre de Ben Dan sur l'extraordinaire aventure de l'agent secret Elie Cohen, qui vécut trois ans dans l'intimité des dirigeants syriens avant d'être pendu sur la place publique de Damas en 1965 ? Moi, oui.

Je m'appelle Elie Cohen, comme lui, et je suis détective privé. Mais n'y voyez ni malice, ni subtile opération de marketing, quoi qu'en pensent certains de mes confrères ou amis : je m'appelle vraiment Elie Cohen et je suis devenu détective privé par hasard.

Est-ce ma faute si l'un des nombreux homonymes que je compte de par le monde s'est particulièrement (et dramatiquement) distingué ? L'espion de Damas aurait pu s'appeler Simon Lévy ou David Kahn ou John Smith ou n'importe quoi d'autre !

Cela aurait peut être évité à certains d'avoir certaines mauvaises idées, qui m'ont coûté quelques nuits sans sommeil. Imaginez des gros titres des journaux : Elie Cohen, la taupe de Damas ressuscitée! S'il ne s'agissait pas de moi, la coïncidence me ferait presque sourire, tant elle trop belle pour être vraie. Sauf que cette petite plaisanterie a failli me coûter ma réputation, et tout çà pour une bête histoire de cul ! Je vous assure qu'il n'y pas de quoi rire !

Je suis né un beau jour de 1951, quelque part au Maroc.

Je n'étais pas fait pour les études. A 16 ans, j'ai jeté l'éponge et intégré un collège technique pour préparer un CAP de compositeur typographe. Ce noble métier qui consistait à aligner à longueur de journée des petites lettres pour en faire des lignes a aujourd'hui disparu, remplacé par les technologies modernes, et j'en suis fort aise. Les quelques mois pendant lesquels je me suis frotté aux caractères de la casse 6 chez l'imprimeur de mon quartier m'ont définitivement vacciné. Je finissais chaque journée de travail transformé en lapin russe, les yeux rouges et larmoyants. Le pire de tout, c'était le gars qui me formait dans les premiers temps, un vrai « tue la vocation » : voûté, les cheveux blancs et des culs de bouteille sur les yeux !

Comme il aurait fallu en plus que j'étudie sérieusement pour réussir mon examen, ce qui devait arriver arriva : j'échouai brillamment au CAP (nous ne fûmes que deux sur trente dans mon cas).

A 18 ans, j'étais très attiré par l'idée de faire carrière dans la police. Je me présentai donc à la préfecture pour me faire expliquer comment m'y prendre pour devenir inspecteur. On me remit un dossier dont je retins l'essentiel : Il fallait être dégagé des obligations militaires. Je me portai donc volontaire pour un appel anticipé sous les drapeaux et participai en décembre 1970, à Lyon, aux opérations de présélection de la fraction de contingent 71/02. Je fus affecté à Epinal, au 18e Régiment d'instruction des transmissions, sous le matricule 5568. Entré 2e classe le 3 février 1971, je sortis 2e classe le 25 janvier 1972, délivré de l'envie de devenir policier.

Rendu à la vie civile et peu désireux de reprendre le chemin de l'imprimerie, je décidai de tenter une formation de comptabilité accélérée, option dactylographie. Nourri et logé pendant neuf mois, je m'intéressais néanmoins davantage aux filles qu'à mes cours, ce qui me valut d'échouer une nouvelle fois à mes examens, de très peu mais quand même. Je garde de ce séjour en région lyonnaise le souvenir des cours de rock and roll que je suivais avec plaisir et la nostalgie des petits matins au sortir des boîtes de nuit où j'avais dansé toute la nuit.

Il me fallut un métier. Je trouvai assez facilement à me faire embaucher comme aide comptable dans des entreprises de la région grenobloise. J'y découvris qu'il n'était finalement pas inintéressant d'aligner des chiffres.

Je ne résistai cependant que quelques années à l'envie de « monter à Paris ». Encouragé par mes cousins installés dans la capitale et par la perspective d'un meilleur salaire, je finis logiquement par boucler mes valises et tenter ma chance.

Persuadé d'avoir trouvé ma voie dans la comptabilité, j'intégrai rapidement une entreprise d'import export d'une certaine importance, installée en plein quartier chinois de Paris. Je découvris tout aussi rapidement les difficultés de trésorerie de mon nouvel employeur et la situation alarmante du compte clients. Usant et abusant de la gentillesse de la maison, ceux-ci avaient pris la mauvaise habitude de s'octroyer des délais de paiement parfois largement supérieurs à 90 jours. Je fus chargé d'y mettre bon ordre. Mon patron était très confiant : «Avec votre carrure, ils paieront dès qu'ils vous verront arriver, je vous fais confiance !».

Il n'avait pas tort. Je ne sais si ma «carrure de catcheur» y fut pour grand chose, mais il me suffit de quelques mois pour ramener les délais de règlement à des limites acceptables et obtenir, au passage, l'embauche de deux personnes pour m'assister dans la comptabilité générale. Je pris l'habitude de me déplacer régulièrement pour rencontrer les responsables commerciaux de nos principaux clients. J'appliquais d'autant plus de rigueur dans mon travail que je m'y sentais apprécié et reconnu.

C'est ce qui me conduisit à ce qu'il faut bien appeler « ma première enquête ».

En arrivant un matin au bureau, je trouvai ma collaboratrice toute retournée : la banque venait de rejeter une traite importante. Je m'emparai du téléphone pour demander au gestionnaire de récupérer l'effet en question séance tenante. J'appelai également le client, dont les explications gênées ne me satisfirent que très moyennement. Plus il s'évertuait à me persuader qu'il « ferait le nécessaire » pour nous régler rapidement et moins j'en étais convaincu. Avec l'aval de ma direction, je pris donc la route du sud (le client venait de s'établir en Provence) avec l'idée de régler cette affaire au plus vite.

Je compris rapidement que les choses ne seraient pas aussi simples. A mon arrivée à l'adresse connue pour être celle de l'entreprise, j'eus la désagréable surprise de me heurter à des rideaux baissés : les voisins se chargèrent de me préciser que les responsables de la société avaient tout déménagé dans la nuit. Ma seule consolation (maigre) était que mon intuition ne m'avait pas trompé. Compte tenu des sommes en jeu, mon patron et moi même décidâmes que je resterais sur place pour tenter de retrouver la trace du client indélicat.

Il me fallut trois jours pour y parvenir. Je finis quand même par obtenir l'adresse du gérant, une confortable maison de l'arrière pays, vide quand j'arrivais. Je me mis en planque, ruminant ma mauvaise humeur. Fort heureusement, je n'eus pas longtemps à attendre et ne fus pas déçu de ce que je découvris : l'oiseau se présenta au volant d'une voiture de sport de marque allemande, flambant neuve. Il actionnait la télécommande du portail lorsque je surgis de ma cachette et me plantai résolument devant le capot rutilant de son petit bolide. Mon arrivée fit son petit effet.

Je me présentai rapidement : « Elie Cohen, responsable financier de la société Astoprim ».

Visiblement surpris et embarrassé par ma présence, l'homme descendit de mauvaise grâce de sa voiture pour me parler.

Au début, il tenta de me prendre de haut : « Je suis très étonné de votre visite, comment avez vous obtenu cette adresse, je vous ai demandé de me laisser du temps, je devrais recevoir une grosse somme avant la fin de la semaine et je vous paierai immédiatement, vous êtes devant une propriété privée etc.., etc..». Bref, comme j'insistai, il finit par me faire entrer. Une fois à l'abri des murs de la villa, la conversation prit un tour beaucoup plus concret.

Nous nous mîmes d'accord sur la petite transaction suivante : il acceptait de me régler tout de suite une grande partie de sa dette, et je m'engageais en retour à ne communiquer son adresse à aucun de ceux de ses créanciers qui pourraient me contacter.

Je lui donnai ma parole, il me versa l'argent.

Le lendemain, je fis un retour triomphal à mon bureau, muni de près de 80% du montant de la créance initiale.

Mon patron me félicita chaudement : «Elie, vous ferez un excellent détective. Et vous n'avez pas besoin de chercher un pseudonyme, il est tout trouvé !».

Chapitre II

A ceux d'entre vous qui rêveraient de devenir un James Bond ou une Mata Hari à la française, je tiens à apporter quelques précisions sur l'univers des agents secrets.

Entendons-nous bien : ces éléments, que je vous livre à titre purement informatif, ne sont en aucun cas – quoique certains aient tenté de le faire croire – issus d'une quelconque expérience personnelle. Je me les suis procurés au hasard de mes lectures et au fur et à mesure que la nécessité s'est fait sentir de comprendre le rôle que l'on cherchait à me faire endosser.

La mission principale d'un agent secret consiste à fournir aux plus hautes autorités de l'Etat des renseignements en rapport avec la sécurité du territoire.

Ces informations s'obtiennent par des actions d'infiltration et de recherches clandestines.

L'agent secret doit donc avant tout être capable de mobiliser sa parfaite connaissance du milieu extérieur, pour paraître le plus naturel possible et masquer sa véritable activité.

Ce qui implique qu'il soit doué, outre de capacités intellectuelles hors du commun, de la faculté de s'adapter à son interlocuteur comme à l'environnement dans lequel il évolue. Où qu'il se trouve, l'agent secret déploie donc une énergie considérable à ressembler davantage à *monsieur tout le monde* que *monsieur tout le monde* lui-même.

Loin des plateaux de cinéma, James Bond s'évertue à se travestir en votre voisin de palier. Il lui faut, pour y parvenir, beaucoup de professionnalisme, d'autonomie, une aptitude indéniable à prendre les bonnes décisions au moment opportun, et une grande stabilité psychologique. Toutes qualités qui ne sont pas nécessairement innées, mais qui s'acquièrent pour partie dans des filières officieuses.

En France, l'agent secret dépend de la Direction Générale de la Sécurité Extérieure – la célèbre DGSE – placée sous l'autorité du ministre de la Défense et dont la principale mission consiste à protéger, de l'extérieur, le territoire français, les intérêts de la France dans le monde et ses ressortissants. Elle est organisée par grandes zones géographiques et par thématiques sécuritaires (criminalité organisée, contre-espionnage, contre-terrorisme).

En Israël, les services secrets du Mossad ont la responsabilité de l'ensemble des activités de renseignement, des opérations clandestines et de la lutte antiterroriste. Leur action vise en priorité les nations et les organisations arabes à travers le monde. La plupart de leurs agents sont recrutés au sein de l'élite de l'armée israélienne et formés pour des opérations spéciales et secrètes au delà des frontières.

Le renseignement constitue la 1ère ligne de défense des citoyens et des intérêts d'Israël. Il coûta la vie à mon illustre homonyme, Elie Cohen.

Originaire du nord de la Syrie, la famille Cohen la quitta pour l'Egypte dans les années 1920, délaissant de s'établir en Palestine, alors gouvernée par les autorités turques. Elie naquit à Alexandrie en décembre 1924.

Second d'une fratrie de huit enfants – six filles et deux garçons – il entama son cursus scolaire dans l'une des écoles juives de sa ville natale. Elève brillant, il n'eut aucun mal à poursuivre son parcours à l'Institut des hautes études hébraïques. En parallèle, il consacra une grande partie de son temps libre à étudier la langue arabe, jusqu'à la maîtriser parfaitement, et apprit également le français. Il était donc capable de s'exprimer librement et couramment en hébreu, arabe et français.

Parallèlement à ses études hébraïques, le jeune Elie se découvrit une prédilection pour les matières scientifiques, mathématiques et physiques. Il décida qu'il serait ingénieur. Il fut effectivement admis à l'université d'Alexandrie, en filière d'électricité appliquée.

Elie Cohen avait 18 ans lorsque la seconde guerre mondiale atteint les frontières de l'Egypte. Il ne pouvait traverser ces années mouvementées sans prêter attention aux évènements qui secouaient le monde et son pays natal. Il découvrit l'existence des groupes de résistance ou de terrorisme juifs, Hagana, Irgoun, Groupement

Stern. Il suivit avec passion le procès de deux jeunes palestiniens, membres de cette dernière organisation, qui assassinèrent Lord Moyne au Caire pour attirer l'attention du monde entier sur le refus du gouvernement de sa Majesté de permettre l'émigration des Juifs vers la Palestine.

Les deux garçons furent condamnés à mort et pendus. La décision d'Elie Cohen était sans doute déjà prise de combattre pour la libération de son pays. A 20 ans, il rejoignit les jeunesses sionistes. Compte tenu de sa formation, il devint rapidement instructeur puis responsable d'un groupe affilié à ce mouvement.

En 1950, la famille Cohen quitta l'Egypte pour Israël, mais Elie choisit de demeurer encore près de six années au Caire, où il poursuivit ses activités occultes. Il sortit clandestinement du pays en 1956, fit un détour par l'Europe et gagna Israël au début de l'année 1957. Il avait 32 ans. Décidé, semble-t-il, à renoncer à l'action violente, il s'établit comme comptable et épousa, en 1959, une émigrante de fraîche date originaire d'Irak, Nadia. Elle lui donna trois enfants.

Un beau jour, Elie annonça à son épouse qu'il changeait de métier, délaissant la comptabilité pour devenir commercial dans une « grande entreprise ». Ce nouveau poste l'amènerait à effectuer de fréquents déplacements à l'étranger. Nadia n'en sut pas plus. L'entreprise en question n'était autre que le Mossad, les services secrets israéliens. En 1961, ses responsables de formation décidèrent de lui confier une mission en Syrie.

Elie Cohen fut arrêté à Damas au matin du 20 janvier 1965, après avoir expédié un dernier message codé à Israël. Détenu dans une prison militaire, il subit quatre semaines de tortures. Une nuit de mai 1965, les mains liées et sous bonne garde, il fut extrait de sa cellule et conduit à l'échafaud, dressé au centre de la capitale syrienne, sur la place des martyrs. Malgré l'heure tardive, des milliers de syriens se pressaient pour assister à la pendaison, également retransmise en direct par la télévision locale.

Dans un journal libanais, j'ai retrouvé les derniers mots qu'il prononça : « Je tiens à ce que l'on sache que je n'ai pas trahi Israël et que je me suis livré, en Syrie, à une activité au profit des services de renseignement de mon pays, afin d'assurer l'avenir de mon peuple, de ma femme et de mes trois enfants ».

La France fit son possible pour sauver la tête de « la taupe de Damas ».

Deux éminents avocats furent directement chargés de sa défense, mais leur action courageuse, tout comme les nombreuses interventions de responsables politiques (parmi lesquels le Général de Gaulle en personne) ne purent infléchir la décision des autorités syriennes. A vrai dire, la cause était entendue d'avance, comme le souligne l'ultime lettre adressée au président syrien par les avocats français d'Elie Cohen, dont j'ai jugé utile de reproduire un extrait :

« Monsieur le Président,

Elie Cohen a été exécuté avant-hier sans que nous ayons pu solliciter sa grâce. Il avait été condamné sans que nous ayons pu le défendre. Nous ne connaissons pas le dossier. Nous n'avons jamais vu l'homme. Nous ne savons même pas s'il est mort en sachant que sa famille et son pays tentaient de l'assister.

Cette situation extraordinaire nous amène à vous écrire cette ultime lettre, qu'avec l'autorisation de notre Ordre nous rendons en même temps publique, afin que ne demeure pas vaine notre ultime protestation (...)

Maître Mercier, de retour à Paris, me faisait part de vos dernières promesses (...). Dans un pays civilisé, jamais n'est exécutée une sentence de mort sans que le détenteur du droit de grâce n'écoute les avocats dans une ultime requête.

Ce même soir nous parvenait de Damas l'information selon laquelle Elie Cohen serait exécuté la nuit même.

En présence de tels faits, nous avons sollicité de Mr le Bâtonnier de l'Ordre des avocats à la Cour de Paris, l'autorisation exceptionnelle de lever la règle du silence que leur impose le respect de la justice.

Garder le silence sur les parodies de Damas n'équivaudrait, en effet, aujourd'hui, qu'à consacrer la plus grande injustice, à tolérer le mépris de la parole donnée et la plus flagrante violation des droits les plus sacrés.

C'est donc publiquement que nous vous adressons ici la plus solennelle des protestations contre la violation des promesses faites, contre une procédure et un supplice poursuivis et effectués au défi de toute règle morale.

Ajoutons enfin qu'aucun homme dans aucun des pays civilisés du monde et quels qu'aient pu être les crimes dont on l'accuse sans même laisser ses avocats en prendre connaissance, n'a sans doute abordé l'instant suprême de son exécution dans une telle solitude (...)».

Cette lettre a été signée par Paul Arrighi, Bâtonnier de l'Ordre, et Maître Jacques Mercier, avocat à la Cour.

Pour les israéliens, Elie Cohen est devenu une véritable légende, l'archétype du héros national mort en service pour la patrie au cours d'une mission particulièrement dangereuse et audacieuse.

On le compare aujourd'hui au célèbre Richard Sorge, l'espion soviétique qui annonça l'imminence de l'attaque des troupes d'Hitler contre l'URSS en 1941.

Voici donc l'homme qui fut mon homonyme et auquel certains auraient voulu m'assimiler plus étroitement encore que par la simple similitude de nos identités. Je reconnais que la tentative est flatteuse pour moi, dont l'héroïsme se borne à effectuer le plus correctement possible les missions qui me sont confiées (délicates, certes, mais n'ayant fort heureusement encore jamais mis directement ma vie en péril).

Jouissant également du privilège insigne de vivre et de travailler dans un pays « civilisé », pour reprendre le terme des défenseurs d'Elie Cohen, les conséquences n'ont pas été pour moi aussi dramatiques qu'elles le furent à Damas.

Cela étant, qu'ont pensé ma famille, mes amis, mes clients et contacts professionnels en me découvrant une activité occulte jusqu'alors insoupçonnée ? Combien de temps aurait-il fallu pour que je réussisse à faire admettre que tout cela n'était que pure calomnie ? D'ailleurs, y suis-je réellement parvenu ?

Il s'en est fallu d'un cheveu que mon histoire croustillante soit livrée à la presse :

Elie Cohen reprend du service !

Vous parlez d'un scoop...

Si les choses étaient allées aussi loin, ma famille aurait sans doute été contrainte de quitter la région, peut-être le pays, que sais-je ?

Je me suis maintes fois posé ces questions, tremblant rétrospectivement à l'idée du gouffre qu'un faux pas, si j'en avais commis un, aurait ouvert sous mes pieds.

Je me plais à m'imaginer que je m'en suis sorti mais, j'y ai, comme d'autres, laissé quelques plumes.

Si l'adversité forge le caractère, je préfère me préserver autant que possible de ces épreuves initiatrices qui vous ruinent une santé et une carrière en un claquement de doigt.

Chapitre III

L'affaire que j'avais favorablement résolue pour Astoprim Import Export m'ouvrit les yeux sur la réalité de mes attentes professionnelles : je sus que je deviendrais détective privé.

Je me documentai, contactai les diverses organisations et syndicats professionnels. J'appris ainsi qu'il me suffisait d'un casier judiciaire vierge et du récépissé de déclaration d'ouverture d'une agence privée, document délivré par la Préfecture du département.

Je le reçus au mois d'octobre 1992 et m'installai au 1er janvier suivant.

La profession est régie par la Loi n° 83-629 du 12 juillet 1983, tout récemment modifiée par la Loi n° 2003-239 du 18 mars 2003, deux textes qui visent à réglementer l'activité de détective sur le sol français.

Le métier d'agent de recherches privées, pour reprendre la terminologie officielle, consiste à recueillir, sans obligatoirement faire état de la mission confiée ni en révéler l'objet, des informations ou des renseignements destinés à des tiers, en vue de la défense de leurs intérêts.

Les interventions vont de la classique mission de filature dans un cas de différend conjugal à l'intelligence industrielle, en passant par la recherche de renseignements à caractère économique.

L'autorisation d'exercer peut être retirée ou suspendue lorsque l'activité porte atteinte à la sécurité publique, à la sûreté de l'Etat ou aux intérêts fondamentaux de la Nation dans les domaines économiques, scientifiques, industriels ou commerciaux. Cette dernière disposition sanctionne de manière efficace les agences qui basculeraient dans des actions relevant davantage de l'espionnage que de l'information proprement dite. Ce dispositif permet aussi de prendre en compte l'évolution du métier de détective, certaines structures n'hésitant pas à rechercher, pour des intérêts privés, des informations qui mettent en jeu la sécurité nationale ou des intérêts économiques français.

La demande se révélant excessivement variée, j'acceptai des missions de toutes natures : Je me lançai aux trousses de débiteurs disparus sans laisser d'adresse mais en abandonnant de grosses ardoises à leurs prêteurs ou à des organismes financiers, ou encore des loyers impayés à leurs bailleurs.

Je filai et surveillai des employés supposés indélicats, soupçonnés par leurs employeurs de méfaits divers : vol, détournement de fonds, jusqu'à l'envoi de lettres anonymes...

J'intervins dans des affaires de

contrefaçon à grande échelle dans les secteurs de l'informatique et de la confection.

Je m'attaquai à la concurrence déloyale, à la protection de l'information et des marques déposées, au conseil en stratégie économique, à l'intelligence industrielle...

Bref, je touchai à tout et cela me réussit plutôt bien.

L'agence prospérait, j'employais dix salariés à temps plein et avais régulièrement recours aux services précieux de plusieurs enquêteurs indépendants. Je pensais avoir acquis une réputation d'honnêteté et d'efficacité.

Chapitre IV

Octobre 1999, en fin d'après midi. C'est un automne classique de région parisienne. Le ciel est gris et plombé. Les passants pressent le pas sans jeter un regard à la plaque qui trône à l'entrée de l'immeuble, juste à gauche de la fenêtre de mon bureau. A l'intérieur les lampes sont restées allumées toute la journée. Celle-ci a été calme et il semblerait que nous ayons tous hâte d'en finir. Encore quelques minutes et Cerise viendra me saluer avant de s'éclipser dans la grisaille de la rue. C'est l'heure à laquelle les employés quittent les locaux, croisant parfois les copains ou les « extras » qui passent discuter autour d'un verre. Les bouteilles attendent sagement, planquées au fond du petit meuble bas sur lequel s'empilent des dossiers en cours.

Le bureau est à l'image de la bonne santé de mes affaires : cossu et confortable, bien loin du cliché du détective famélique espérant vainement le client, tapi au fond d'un antre miteux où la crasse le dispute à l'ennui.

Les meubles de bois sombre sont davantage ceux d'un médecin ou d'un notaire. J'entasse dessus tout un tas de babioles et d'objets personnels qui confèrent à l'ensemble une impression de chaleur et de convivialité. J'aime me sentir à l'aise et que mes clients le soient également.

La sonnerie du téléphone me surprend en pleine contemplation.

Juste avant de partir, Cerise me passe une dernière communication. Elle en profite pour me souhaiter une bonne soirée et s'éclipser discrètement, comme à son habitude. En dépit d'un prénom appétissant, ma secrétaire n'a rien de la « bombe » écervelée qui pimente le quotidien de nombre de mes confrères de romans policiers.

Elle se distinguerait plutôt par ses compétences professionnelles – rigueur et efficacité – que par son physique, quelconque sans être ingrat. C'est une petite personne d'une quarantaine d'années, ronde (dans la moyenne), avec des cheveux châtains (dans la moyenne également) et des yeux clairs dont je ne saurais, étrangement, dire s'ils sont bleus ou verts. Il faudra que je me penche sur la question, dont l'importance demeure cependant toute relative.

En chaussures plates et tenues pastel d'un bout à l'autre du calendrier (jamais de rouge, rapport à son prénom ?), elle transpire l'honnêteté et la respectabilité. Vis-à-vis de la clientèle, c'est certainement appréciable. Mais je l'ai surtout embauchée pour ses qualités de dactylo et son habilité à se dépêtrer des démarches administratives inhérentes à notre activité. Elle fait merveille au téléphone et me garde, autant que faire se peut, des inévitables plaisantins qui tentent de nous faire avaler leurs histoires à dormir debout. Sa vie rangée (un mari et deux enfants, à ce que j'ai cru comprendre) cadre mal avec l'idée que l'on se fait communément de l'assistante d'un détective privé, mais plutôt bien avec la réalité de son activité à mes côtés : paperasse, paperasse et paperasse.

Au demeurant, le nerf de la guerre dans de nombreuses affaires dans lesquelles notre travail consiste essentiellement à rassembler et à compiler des informations pour constituer nos «dossiers».

Au bout du fil, le dossier du moment a une voix féminine, plus de la première jeunesse à ce qu'il semblerait, ni tellement à son aise. Elle ne tient manifestement pas à s'étendre sur l'affaire dont elle souhaite m'entretenir, et qui concerne son mari. Pour la forme, j'empoigne l'agenda que je sais peu garni (un moment de répit après plusieurs semaines intenses), feuillette bruyamment les pages en marmonnant et lui propose un rendez-vous pour le surlendemain.

- Mercredi, 16 heures 30 ? - Le 25 ? c'est entendu.
- Je vous remercie monsieur, bonsoir.

Elle raccroche.

Çà sent l'adultère à plein nez. Pour l'agence, c'est de la routine, une petite affaire de fesses, histoire de ne pas perdre la main.

Ni les copains, ni les extras ne passeront ce soir. Le temps gris et humide aura eu raison des meilleures volontés, y compris de la mienne : renonçant à classer les documents qui jonchent le sous-main, je décide de plier bagage et de regagner mes pénates.

Notre cliente se présente le 25, à l'heure convenue. La météo est restée imperturbable depuis son coup de téléphone. Il fait aussi gris et morne que l'avant-veille. Pour un peu, je croirais ne pas avoir quitté mon bureau. J'empile rapidement les papiers que je n'ai pas encore trouvé le temps de classer.

Cerise m'annonce son arrivée sans manifester, comme à son habitude, aucune empathie particulière. Avec tout ce que nous voyons défiler de femmes « trahies », je me demande comment elle peut encore regarder son propre conjoint sans défiance. Il est vrai que nous côtoyons tout autant de maris trompés et que je ne me suis jamais interrogé sur la fidélité de mon épouse. C'est toujours la même histoire de la paille et de la poutre...

Les affaires d'adultère contribuent

largement à l'image d'Epinal du détective privé. Où que je me trouve, en famille, entre amis, en vacances, on me ressert sans se lasser les mêmes sempiternelles questions.

Chacun y va de son couplet :

- Qui trompe le plus, les femmes ou les hommes?

(ce qui déclenche immanquablement les accusations mutuelles des représentants de chaque sexe).

- Et qui vient le plus souvent te voir, les femmes ou les hommes ?

(ricanements des uns, gloussements des autres).

- C'est marrant, comme métier. Tu dois en voir de belles! T'as pas une anecdote croustillante à nous raconter ?

(rabibochée, toute l'assistance insiste pour que je m'exécute).

En réalité, la démarche est toujours délicate pour le client qui vient consulter pour la première fois un détective privé. Il hésite, s'interroge: Est-ce vraiment le bon moment ? Ne devrais-je pas attendre encore un peu? Je me fais peut-être des idées... Malheureusement, la tactique de l'autruche, la tête enfoncée bien profond dans le sable, ne fonctionne qu'un temps. Arrive le moment où il leur faut savoir ; l'attente, l'incertitude leur sont soudain devenues insupportables. Alors, ils poussent la porte du bureau et s'inquiètent des tarifs.

L'entrée en matière est souvent - un peu laborieuse : Je suis bien dans une agence de détectives ? Vous faites des filatures ? Un pas en avant, deux pas en arrière, c'est classique. Le premier objectif étant de convaincre la personne qui se dandine de s'asseoir dans le fauteuil qui lui tend les bras et de discuter. Au moins, ça la soulagera.

La femme qui vient d'entrer dans le bureau a indéniablement de l'allure : Grande, blonde, la cinquantaine agréable mais la cinquantaine tout de même, l'âge ingrat des dernières cartouches. Quoi qu'elles fassent, passé cinquante ans, la plupart des femmes me semblent porter sur leur visage et dans leur corps cette plus que maturité qui prélude à la vieillesse.

Ses cheveux, d'une nuance sagement cendrée que le coiffeur à dû mettre des heures à perfectionner, sont impeccablement tirés en arrière, retenus par une barrette attachée bas sur la nuque. Un maquillage discret derrière de fines lunettes à monture métallique, un tailleur pantalon en camaïeu de gris, un chemisier bleu pâle assorti à ses yeux, elle déploie tout l'attirail de la femme d'affaires efficace et professionnelle. Chez elle, rien de clinquant ni de « tape à l'œil » : très peu de bijoux, une montre de couturier au poignet droit – bracelet de cuir fauve et boîtier en acier brossé – et une alliance en or blanc à l'annulaire gauche.

Je lui propose un siège qu'elle accepte comme à regret, de l'air de celle qui se demande si elle a pris la bonne décision. L'examen du bureau doit pourtant s'avérer concluant : elle s'installe plus confortablement, croisant les jambes et ramenant sur son genou droit le manteau dont elle a refusé, tout à l'heure, de se débarrasser, malgré la proposition aimable de Cerise.

Affichant le visage impassible – mais avenant – de circonstance, j'attends qu'elle se décide à parler.

Elle se lance :

  - Au téléphone, je ne vous ai pas donné mon vrai nom. Je préférais vous voir. Je n'étais pas certaine ... comment dire, tout ceci est assez nouveau pour moi.

- ...

- Je m'appelle Armande Demezières, j'habite à Saint-Mandé.

Je note le tout sur la feuille blanche que j'ai posée au hasard, sur la pile de documents qui encombrent le sous-main. C'est une adresse cossue, en lisière du bois de Vincennes. J'imagine la maison, certainement l'une de ces bâtisses bourgeoises précédées d'une allée de graviers proprette, ou peut-être une meulière...

- Je suis mariée depuis 25 ans. Nous n'avons pas eu d'enfants : je ne le pouvais pas, tout simplement. Nous nous en sommes aperçus assez rapidement et en avons pris notre parti.

- Du moins, c'est ce que je pensais... Mon mari a une très

belle situation, mais j'ai toujours travaillé. Je ne me serais pas supportée à la maison. J'ai même fait carrière... je n'avais que ça à faire, d'ailleurs.

- Aujourd'hui, je suis directrice du développement chez Brothers and Sons (je continue à noter : une prestigieuse société de courtage installée dans le huitième arrondissement de Paris). Je suis venue à cause de mon mari.

- Vous savez, c'est très difficile pour moi de parler de ça, de lui... Je ne sais plus où j'en suis.

Je ne dis jamais grand-chose. J'écoute, je griffonne avec application, je hoche la tête en signe d'encouragement.

Armande Demezières (bizarrement, c'est un prénom que j'aurais plutôt vu porté par une brune) m'explique que son mari « à la belle situation » a été muté à Ankara il y a trois ans. Il occupe un poste important chez Spacialight, mais elle ne sait pas vraiment en quoi consiste sa mission en Turquie.

Il n'est revenu en France qu'une fois, il y a maintenant deux ans de cela. Il ne lui donne plus de nouvelles depuis des mois. Elle a tenté à plusieurs reprises de le joindre par téléphone, sans grand succès. Elle n'est même pas certaine que le numéro qu'il lui avait communiqué quand il s'est installé soit encore le bon.

Chez Spacialight, les secrétaires ont visiblement des consignes : son mari est systématiquement en réunion ou déjà au téléphone.

Non, on ne peut pas la faire patienter en ligne. Qu'elle ait la gentillesse de rappeler plus tard : « Monsieur Demezières est très occupé ». En deux ans, c'est à peine si elle a réussi à lui parler dix fois.

Elle n'a pas plus de succès avec le courrier : ses lettres ne reçoivent aucune réponse...

Aujourd'hui, elle est persuadée que son mari a refait sa vie.

Depuis son dernier passage éclair en France, elle a eu tout loisir de retourner le problème dans sa tête. S'il lui était arrivé quelque chose, elle le saurait, elle aurait été prévenue. Mais rien, rien, comme si leurs vingt-cinq ans de mariage avaient été balayés d'un coup!

Le seul lien qui lui reste, c'est la pension, versée le cinq de chaque mois avec la régularité d'un métronome. Elle qui donnerait n'importe quoi pour une lettre ou un coup de téléphone... pour un peu, cette ligne immuable sur son relevé de compte la ferait vomir !

Depuis longtemps déjà, elle ne sait plus quoi inventer pour les amis, la famille... Alors elle veut en avoir le cœur net et demander le divorce. A cinquante ans, elle peut encore refaire sa vie. Pas question de supporter encore des années d'attente, d'humiliation... puisque c'est bien ce dont il s'agit, n'est-ce pas ?

Je persiste à hocher la tête, du genre de celui qui ne dit ni oui ni non. J'essaye de me mettre à la place du mari, parachuté au soleil des mille et une nuits. C'est sûr, ça a dû le changer. Elle ne m'a pas l'air tellement rigolote, son Armande.

- Il me traite pire qu'un chien. C'est comme si je n'avais jamais existé ! J'imagine que les choses auraient été différentes, si nous avions eu des enfants... Mais je ne le pouvais pas, et lui n'en a jamais voulu... enfin, jusqu'à présent. Je me demande tous les jours s'il en a, là-bas, en Turquie. Il faut que ça s'arrête. Il faut que je sache ce qu'il fabrique. Vous savez, je suis allée voir un avocat, mais il m'a expliqué que je ne pourrais pas, sans preuve, demander le divorce aux torts de mon mari. C'est absurde : deux ans d'absence sans donner de nouvelle, ça devrait suffire, non ?

- Enfin, je ne sais plus. Je crois que j'ai aussi besoin de connaître la vérité. C'est la raison pour laquelle je suis venue vous voir... J'ai envie de vous faire confiance. Vous ne ressemblez pas vraiment à l'idée que je me faisais d'un détective privé... je veux dire, vous n'avez pas l'air d'un gangster.

Je le prends comme un compliment. Je lui confirme que l'agence est parfaitement en mesure de se charger de son affaire et lui explique la manière dont nous travaillerons : repérage et filature discrète, photographies et tout le tralala.

Il y a peu de chances que monsieur son mari, en goguette à 2500 kilomètres de Saint-Mandé, s'attend à faire l'objet d'une enquête de bonnes mœurs. S'il y a quelque chose à trouver à propos du citoyen Demezières, je suis quasiment certain de le découvrir. Naturellement, je ne m'en vante pas si ouvertement auprès de l'épouse délaissée : on ne sait jamais ce qui peut se produire sur une mission. La prudence conseille la modestie.

Nous tombons d'accord sur une semaine de mission de repérage, ce qui me paraît amplement suffisant. J'établis donc un devis en bonne et due forme, sous réserve du calcul des frais annexes (avion, voiture de location, hôtel, etc.), que Cerise lui transmettra ultérieurement.

Armande Demezières n'est pas venue

les mains vides. Elle me confie la plus récente photo de son mari qu'elle ait pu trouver (un cliché pris lors de son bref séjour d'il y a deux ans : monsieur affiche un sourire poliment convenu) et quelques autres, plus anciennes (la chevelure est plus fournie, le visage plus plein, le regard tout aussi neutre).

Je note scrupuleusement tous les éléments de pedigree : date de naissance, taille et corpulence approximative, signes distinctifs, dernière adresse connue, coordonnées de l'employeur... la routine.

Brutalement, elle n'a plus rien à me dire. Je me lève pour la raccompagner. Le devis définitif lui parviendra sous deux jours. Si elle en est toujours d'accord, la mission pourrait intervenir sous huitaine (je l'incite à profiter de la relative disponibilité de l'agence : si elle tarde trop à se décider, il est fort possible que nous soyons obligés de repousser mon escapade à Ankara de plusieurs mois).

Quand elle passe devant Cerise, elle a déjà repris ses esprits. La femme qui disparaît dans l'humidité de la nuit arbore un visage impassible et des épaules droites. Pas rigolote, rigolote, notre Armande...

Je referme la porte du bureau sur moi et décide de me plonger dans l'examen des photos qu'elle m'a remises.

Monsieur le mari en impose, à sa façon.

La photo la plus récente est un portrait en pied, pris dans ce qui ressemble à un jardin (peut-être celui de la villa de Saint-Mandé).

Michel Demezières pose au milieu d'une pelouse (ce qui ne veut pas dire qu'il n'y a pas, quelque part, une allée de graviers comme je me le suis figuré tout à l'heure). C'est un homme de haute taille — 1 mètre 90 environ, d'après son épouse – et de corpulence moyenne. On le devine bronzé, par l'entrebâillement de la chemise. Les mains et les poignets sont également hâlés, tout comme le visage et le crâne, largement dégagé par une calvitie avancée. Il porte court ce qui lui reste de cheveux, une mince couronne sombre autour des oreilles. Les photos plus anciennes confirment une nuance de brun mélangée de gris. Les traits sont anguleux, les yeux (marrons, à ce que m'en a dit Armande) enfoncés sous des arcades saillantes. Pas de lunettes (son épouse ne lui en a d'ailleurs jamais vu), pas de chevalière, juste une montre en acier au poignet gauche et une discrète alliance à l'annulaire. La bouche, mince, ajoute à l'impression de sévérité respectable qui se dégage de la photo. Difficile d'imaginer un bon vivant noceur chez cet homme... et pourtant. Je suis bien placé pour savoir que les apparences sont trompeuses.

Je dois m'imprégner de ce visage pour être certain de le reconnaître, une fois sur place, dans un contexte tout différent. Je demande à Cerise de photocopier les clichés de Michel Demezières en plusieurs exemplaires. Fidèle à elle-même, elle s'acquitte de sa mission sans me poser aucune question, ni faire aucun commentaire.

Comme d'habitude, l'époux infidèle la laisse de marbre.

Je passe les deux heures qui suivent à maquiller les copies ainsi obtenues : lunettes de soleil, moustache, barbe, je gribouille avec application tout ce qui me passe par la tête et qui pourrait modifier l'apparence de ma cible. Je préfère me tenir prêt à toute éventualité. En deux ans, ce monsieur peut avoir pris une vingtaine de kilos, s'être rasé la tête et laissé pousser les favoris, que sais-je...

Nous n'avons plus qu'à attendre le feu vert d'Armande Demezières.

Dans le bureau d'à côté, Cerise s'est attelée aux premiers chiffrages avec l'agence de voyage.

Chapitre V

J'embarque à Orly un lundi matin, au tout début du mois de novembre. Toutes les conditions sont réunies pour que la mission se déroule au mieux. Armande Demezières a réussi à joindre son mari deux jours auparavant : aux dernières nouvelles, il serait toujours affecté sur le même site, dans la banlieue d'Ankara.

Cerise m'a dégotté un petit hôtel très sympathique, du moins si je m'en tiens à la brochure fournie par l'agence de voyages. Reste à espérer que le photographe était honnête. Une voiture m'attend à l'aéroport d'Esenboga. Pour plus de sûreté et dans le souci de faire davantage « couleur locale », je me suis laissé pousser la barbe.

J'installe mes grandes jambes le plus confortablement possible et me prépare à affronter les quelques six heures et demi de vol, escale à Istanbul comprise. Un whisky devrait m'aider à y voir plus clair. Je stoppe l'hôtesse qui a entamé son circuit au milieu des passagers... elle est charmante, cela commence bien.

Coincé en transit à l'aéroport, je ne vois rien d'Istanbul. Si j'en juge par les photos qui ornent la salle d'embarquement, je rate certainement quelque chose.

Dommage que le sieur Demezières ait été muté à plusieurs centaines de kilomètres, en plein cœur de l'Anatolie.

Comme il n'est pas question de sortir les éléments du dossier dans l'avion, prudence oblige, je tue le temps en feuilletant le guide du routard dont Cerise m'a judicieusement équipé.

Ce que j'y lis me confirme les propos de ma secrétaire: pour les palmiers et la piscine, je repasserai. Avec son climat continental, Ankara ne m'offrira, en ce début novembre, qu'une fourchette moyenne de températures comprise entre 2°C et 14°C. Au pire, il y a déjà fait -12°C à cette période de l'année ! Et bien, voilà qui ne va guère me changer des frimas de banlieue parisienne que je viens à peine de quitter.

Heureusement, j'ai pris un pull. Cette seule idée me réconforte. A moins que le deuxième whisky y soit également pour quelque chose.

Je débarque comme prévu en début d'après- midi à Esenboga, l'aéroport local, situé à une trentaine de kilomètres du centre-ville.

Comme prévu également, «ma » voiture m'attend chez Hertz.

La jeune femme qui complète mon dossier me met obligeamment en garde, avant de me laisser prendre le volant, sur les façons de faire des autochtones. Il semblerait qu'à côté, la place de l'étoile aux heures de pointe soit une pure rigolade. On verra bien. D'ailleurs, ma voiture aussi en a vu d'autres : j'hérite d'un modèle japonais inconnu en France, en tous cas dans cette surprenante version tricorps. Les rayures sur les ailes et les pare-chocs confirment les dires de l'hôtesse, mais je m'en fous éperdument : ce qui compte, c'est que la chose soit d'un modèle courant et d'une teinte neutre (crème, en l'occurrence).

Je déplie sur le siège passager le plan d'Ankara gracieusement offert par Hertz, et me prépare à la bagarre que laisse présager le ballet des taxis et des bus devant l'aérogare. Si j'en juge par le peu que je découvre, il va me falloir rapidement oublier jusqu'à la notion même de feu rouge et de priorité à droite.

Je ne me suis pas trompé : j'arrive à l'hôtel épuisé, en sueur malgré les 10°C ambiants, les pouces crispés sur le klaxon. Cela étant, je peux être fier de moi : je ne me suis perdu qu'à deux reprises, ce qui n'a pas dû me rallonger de plus de cinq kilomètres... un véritable exploit pour qui doit se colleter seul aux méandres de cette ville inconnue.

Heureusement, le photographe du guide touristique était honnête : la salle à manger donne bien sur un petit patio planté d'orangers et la chambre est plus que correcte.

Il me reste tout juste le temps de prendre une douche rapide et de préparer le matériel dont j'aurais besoin pour la planque que je prévois devant les locaux de Spacialight : d'après les informations transmises par son épouse, mon oiseau a toutes les chances de les quitter entre 18 heures et 20 heures. A moins qu'il n'ait été sincère, lorsqu'il lui a répété qu'il travaillait « horriblement tard » et qu'il résidait sur place, dans un « logement de fonction ».

Nous verrons bien. C'est d'ailleurs l'un des éléments clés de ce type d'enquête, de vérifier si les dires de la personne surveillée correspondent à son comportement réel.

Si ce n'est pas le cas, c'est qu'il y a anguille sous roche.

Contrairement à ce que la plupart des gens s'imaginent, point n'est besoin, pour conforter les craintes d'un client, de lui fournir des photos compromettantes de son conjoint en pleine partie de jambes en l'air avec un partenaire tiers. Il suffit, bien souvent, de démonter le boniment que lui sert le conjoint en question pour justifier tel ou tel de ses déplacements.

Prenons un exemple : Votre femme vous déclare que sa meilleure amie est au plus mal et qu'il faut absolument qu'elle aille dîner avec elle, « entre filles », pour lui remonter le moral... «Tu comprends, elle est dans une très mauvaise passe. Christian vient de la plaquer et ça ne va pas fort dans son boulot, c'est terrible, en plus d'avoir le cœur brisé elle risque la charrette, etc., etc..».

Bref, vous comprenez très bien : ledit Christian a fini par déguerpir, ce dont vous le félicitez en votre fort intérieur, n'ayant jamais saisi comment un type intelligent (enfin, un minimum sensé) pouvait supporter cette hystérique que votre femme s'est piquée de choisir comme meilleure amie... et avec laquelle vous préférez vous dispenser de passer la soirée.

Jusque là, tout va bien. Vous recommandez à votre moitié de conduire prudemment et de faire preuve de tempérance, et filez vous préparer un plateau-repas en prévision du match de football.

Il se pourrait même que, pris d'un doute, vous téléphoniez à la copine hystérique, qui vous confirmerait que votre femme est bien en route, si, si, pour ce petit restaurant japonais très tendance qu'elles ont «adoooré» le mois précédent (mais si, vous savez bien, le mercredi du vernissage de l'exposition de Machin, à laquelle vous n'aviez pas voulu vous joindre)...

Imaginez cependant que l'on vous apporte quelques photos (prises ce même soir) de votre femme en compagnie, non pas de l'hystérique menacée de licenciement, mais d'un homme que vous ne connaissez pas (ou que vous connaissez peut-être, d'ailleurs).

D'un homme avec lequel elle dîne en tête à tête, dans un restaurant tout autre que le japonais «adooorable» dont il était pourtant question, d'un homme qui lui a, à la sortie, passé un bras autour des épaules...

Ces simples photos vous feraient réagir, sèmeraient le doute dans votre esprit... non pas du fait de ce qu'elles montrent (car il n'y a là rien de foncièrement scabreux), mais simplement parce qu'elles prouveraient que votre chère moitié vous a menti.

Alors, imaginez ce que ce genre de clichés peut produire chez quelqu'un qui soupçonne qu'il est trompé...

C'est le cœur de notre travail, en matière d'adultère : démonter le bobard qui cache l'histoire de fesses.

Parfois, le client est difficile à convaincre. Il m'est arrivé d'emmener avec moi un mari trompé, pour le mettre en face d'une réalité qu'il ne voulait pas admettre: il se trouvait que son épouse donnait rendez-vous à ses conquêtes dans un parking souterrain. Impossible, dans ces conditions, de prendre une quelconque photo. J'avais suivi la dame en question jusqu'à une voiture, dans laquelle j'avais pu distinguer une silhouette masculine. A peine était-elle entrée que les deux têtes avaient disparu. Ensuite, la voiture s'était balancée rythmiquement pendant plusieurs minutes, avant que la femme ressorte, les cheveux en bataille et la jupe un peu de travers.

En l'absence de photo, le mari refusait de se laisser convaincre. Je n'avais d'autre solution que de lui demander de m'accompagner. Quand la voiture a commencé à remuer, je l'ai laissé à ses responsabilités... et ce qui devait arriver est arrivé : il a cassé la figure de son rival, qui se trouvait également être son meilleur ami.

Chapitre VI

Ankara est une ville hybride, mi-ancienne mi-moderne. Les ruines romaines et byzantines y côtoient des constructions récentes, parfois flambant neuves.

L'ensemble me paraît loin de dégager la chaleur qui baignait les affiches d'Istanbul, dans la salle d'attente de l'aéroport, mais il me faut m'en contenter.

A 16 heures, équipé des portraits de Michel Demezières et du plan sur lequel j'ai tracé au feutre le trajet entre l'hôtel et le site de Spacialight, je remonte dans ma voiture et me mets en chasse. J'emmène l'équipement habituel réservé à ce genre de missions : un appareil photo argentique équipé d'un téléobjectif et suffisamment sensible pour me permettre de travailler sans flash (un Canon avec zoom 70/300), une couverture (au cas où la planque se prolongerait), le transformateur destiné à recharger la batterie de mon téléphone portable, une bouteille d'eau (et une vide : solution idéale pour uriner dans la voiture), quelques barres chocolatées, bref, de quoi tenir un siège.

La circulation s'est encore densifiée. Heureusement, Cerise a pris soin de réserver un hôtel pas trop éloigné de la zone industrielle qui abrite les locaux de Spacialight.

J'y parviens aux environs de 16 heures 30. L'endroit est parfaitement signalé : le nom de l'usine Spacialight figure en lettres énormes sur le fronton du bâtiment dont Armande Demezières m'a communiqué l'adresse. La chance est avec moi : je trouve à me garer à environ trente mètres du portail, entre deux véhicules qui m'éviteront d'être facilement repéré et quasiment en face de ce que je subodore être l'arrêt du bus local. L'ombre portée par le mur plonge l'habitacle de la voiture dans une semi pénombre de bon aloi. Dans ces conditions, il y a peu de chances que l'oiseau remarque ma présence, encore moins qu'il soupçonne que je suis venu de France spécialement pour lui : plus loin, deux autres voitures sont également occupées. On dirait que je ne suis pas le seul à attendre quelqu'un et que la sortie des bureaux est proche. Bref, que j'aie bien choisi mon moment.

Cela étant, dans les affaires d'adultère, les risques de se faire remarquer sont minimes. Si cela se produit, c'est parce que la personne suivie se doute de quelque chose. Encore que : généralement, le conjoint volage s'attend à voir fondre sur lui sa moitié cocufiée, rarement un détective. Et même dans ce cas, il ne lui est guère aisé de repérer, dans son sillage, quelqu'un qu'il n'a jamais vu.

S'il s'agit de rentrer dans le lard du premier venu qui tient un appareil photo ou qui suit, à pied ou en voiture, le même trajet que vous, la tâche risque d'être rude, et peu s'y aventurent.

Vous pouvez donc passer des heures dans une voiture (à condition qu'elle ne soit pas trop voyante et que vous ne soyez pas stationné à proximité immédiate d'un lieu sensible : école, ambassade, etc.), sans que qui que ce soit vienne vous demander quoi que ce soit. Si les vitres sont teintées (ce qui n'était cependant pas le cas de mon tricorps japonais), c'est encore mieux.

D'ailleurs, iriez-vous, spontanément, demander à quelqu'un ce qu'il fait, tout simplement parce qu'il attend depuis deux heures garé en face de chez vous? Non, vous penseriez certainement qu'il a une bonne et honnête raison d'être là : qu'il guette sa femme qui a rendez-vous chez le coiffeur, le dentiste, etc. ; qu'il est arrivé très en avance à un entretien d'embauche ; qu'il glande avant de rentrer chez lui... Bref, vous penseriez à tout sauf au fait qu'il s'agit d'un détective privé en planque, surveillant la coiffeuse, le dentiste, votre patron ou votre secrétaire...

Je me glisse sur le siège passager et observe les alentours. C'est une zone industrielle tout ce qu'il y a de plus banale, de grandes rues droites bordées d'entrepôts. Le site de Spacialight occupe le fond de la zone, qui se termine en cul-de-sac, après une sorte de rond-point. Il n'y a aucun autre accès que celui que j'ai en point de mire : l'arrière du terrain est protégé par un haut mur des constructions situées en contrebas. Sur la droite du bâtiment, le parking est pour l'heure bondé de véhicules. A priori, si l'oiseau doit sortir, il passera devant moi.

Je me suis garé le coffre face au portail, pour éviter d'avoir à manœuvrer si je dois suivre une éventuelle voiture. Accroupi sur le siège arrière, les yeux et le téléobjectif au ras du dossier de la banquette, je guette les moindres allées et venues sur le perron du bâtiment principal.

Dans le fond, je distingue ce qui ressemble à des hangars, peut-être à des laboratoires, mais rien qui s'apparente à des «logements de fonction». Il n'y a pas un arbre, pas un brin d'herbe, rien qui ne soit fonctionnel et purement utilitaire. J'imagine mal les expatriés français résidant au milieu du béton, dans cette zone industrielle battue par le vent d'automne et qui doit être écrasée de chaleur l'été.

Les premiers mouvements se manifestent après 17 heures. La porte vitrée à deux battants qui surmonte le perron commence à laisser s'échapper de petites grappes de tailleurs et de costumes cravates, qui s'égaillent dans le parking ou en direction de l'arrêt de bus. Celui-ci se présente à deux reprises, me masquant pendant de brefs instants la façade des locaux de Spacialight, mais c'est un moindre mal : l'accès au véhicule se faisant de mon côté, je peux détailler à mon aise chacun de ceux qui y grimpent.

Je guette les hommes de haute taille au front dégarni, en vain. Jusqu'à 19 heures, personne ne se présente qui ressemble, même de loin, au sieur Demezières. La plupart des employés sont turques, si j'en juge par les physionomies que j'aperçois à travers le pare-brise arrière de ma voiture de location.

Les choses se précisent une demi-heure plus tard : dans le halo de lumière qui filtre du hall, une silhouette masculine se profile, encadrée par deux plus petites qui me paraissent appartenir au sexe opposé. L'homme est grand, dégarni, en bras de chemise, la veste négligemment posée sur l'épaule malgré la température peu clémente. Il doit échanger une plaisanterie avec ses deux compagnes : trois rangées de dents éclairent les visages plongés dans l'obscurité du perron. Heureusement, le lampadaire qui baigne le rond-point d'une lumière crue lève mes derniers doutes : il s'agit bien de celui que je recherche.

Michel Demezières a peu changé, depuis la photo prise dans le jardin de la villa de Saint-Mandé. A ceci près qu'il porte ce qui lui reste de cheveux beaucoup plus courts, presque ras, ce qui lui donne une allure plus dynamique, et qu'il arbore un visage franchement bronzé.

Les deux femmes qui l'accompagnent sont turques.

Leur ressemblance est frappante : deux sœurs, certainement, la trentaine. Toutes deux brunes à la peau mate, un chignon pour l'une, une natte pour l'autre, deux tailleurs sages sur deux silhouettes fines et deux larges sourires.

Le trio se dirige, sans hâte, vers les quelques voitures encore stationnées sur le parking. Michel Demezières se glisse sur le siège conducteur d'une berline sombre dont je distingue tout juste les contours, à cette distance. Le chignon s'installe à ses côtés, la natte prend place à l'arrière. Personne n'hésite, signe que les habitudes sont bien rôdées.

La voiture démarre et effectue une rapide marche arrière pour s'extirper du parking. Elle passe à quelques centimètres à peine de la mienne. Les trois occupants ne me jettent pas un regard, poursuivant manifestement la conversation qu'ils ont entamée sur le perron. Je jurerais qu'il a posé sa main droite sur le genou de la passagère au chignon.

Tous feux éteints, je me coule à la suite de la berline, dans les méandres de la zone industrielle. A quelques dizaines de mètres devant moi, le clignotant indique qu'elle s'engage sur la voie rapide qui mène au centre-ville. J'attends de m'être à mon tour glissé dans la circulation – toujours aussi dense – pour allumer mes feux. La berline est facile à suivre : Michel Demezières conduit sans précipitation, tranquillement installé sur la voie de droite. J'ai laissé deux véhicules s'intercaler entre nous, par sécurité, soucieux de me faire aussi discret que possible sans risquer pour autant de perdre la piste. Je me demande où le trio m'emmène...

Nous n'irons pas, ce soir, jusqu'à Ankara : au bout de deux kilomètres, la voiture s'engage dans une bretelle de sortie. Coup de chance : le véhicule qui me précède sort aussi. Nous nous retrouvons à trois, au feu suivant. Michel Demezières me facilite grandement la tâche en actionnant scrupuleusement son clignotant à chaque changement de direction.

On se croirait dans un mariage, lorsque la voiture ouvreuse prend toutes les précautions possibles pour éviter de perdre son cortège.

Bref, nous traversons une banlieue proprette, de larges artères bordées d'immeubles et de petits commerces. La voiture ralentit et stoppe devant un bâtiment de trois étages. Je la dépasse et continue sur ma lancée, vérifiant dans le rétroviseur que Michel Demezières est bien engagé dans une manœuvre de stationnement. Je tourne dans la première rue qui se présente et profite du premier renfoncement venu pour faire un rapide demi-tour. Revenant sur mes traces, je dépasse à petite vitesse la berline (maintenant garée devant l'immeuble), comme si je cherchais moi-même une place. La porte du hall vient à peine de se refermer sur mon trio.

Je me gare à quelques dizaines de

mètres (encore un coup de chance), et décide d'attendre pour voir si quelqu'un ressort. Peine perdue : j'abandonne à minuit et reprend la route de l'hôtel. A moins qu'il y ait une sortie dérobée quelque part et que l'un des trois ait décidé de poursuivre à pied, il semblerait qu'ils aient prévu de passer la soirée ensemble.

Le lendemain matin, je suis sur place dès 5 heures. La nuit a été courte, mais le jeu en vaut la chandelle : à 8 heures précises, Michel Demezières et les deux sœurs, toujours chignon et natte, ressortent de l'immeuble. Je prends quelques photos au téléobjectif, pour alimenter mon dossier et rentabiliser ma pellicule, et patiente, derrière mon volant, le temps que le trio s'installe dans la voiture, aux mêmes places que la veille.

Le trajet vers Spacialight se déroule de la même manière. La berline retrouve exactement la même place, sur le parking de la zone industrielle.

A 8 heures 30, après les avoir vus tous trois franchir la porte du hall, je retourne vers la banlieue proprette et son petit immeuble blanc.

A l'extérieur, aucune boîte aux lettres, aucune plaque. L'accès est défendu par un digicode. L'entrée est cossue, au moins d'après les normes turques. Je note l'adresse exacte, prends d'autres clichés de la façade et me mets en quête d'un petit-déjeuner, avant de reprendre ma planque devant chez Spacialight.

Mes trois loustics ne se montrent pas à la pause déjeuner. S'il ne loge pas sur place (en tous cas pas tous les soirs), le sieur Demezières y prend au moins son repas de midi.

A 19 heures 15, le scénario de la veille se reproduit avec exactitude : sortie groupée, installation parfaitement synchronisée dans la berline, trajet peinard jusqu'à l'immeuble, et extinction des feux jusqu'au lendemain matin 8 heures.

Au bout de trois jours consécutifs, j'en ai ma dose.

Moi qui pensais me farcir Ankara by night, c'est raté : hormis les deux frangines « natte et chignon », Michel Demezières ne semble pas fréquenter grand monde ni mener la vie de patachon que son épouse lui soupçonne. Mais j'en ai assez vu pour rentrer en France avec le dossier que celle-ci attendait : Il est clair que son mari lui ment, qu'il ne loge pas dans les locaux de Spacialight et qu'il a ses habitudes dans le petit immeuble propret devant lequel il stationne, chaque soir, sa voiture de service. Les commerçants du quartier le saluent au passage, comme une vieille connaissance, et je ne lui ai vu sortir de son véhicule aucun sac dans lequel il aurait pu emmener des vêtements de rechange. Or il n'a pas porté deux jours de suite le même pantalon, ni la même chemise. C'est le signe qu'il dispose, dans l'appartement, de linge de rechange.

Avant de quitter l'hôtel, je finis ma dernière pellicule en mitraillant le patio et le laurier rose, et extirpe le tout de l'appareil. Mieux vaut être prudent. Je glisse les trois pellicules qui contiennent toutes les photos de la mission dans l'enveloppe à bulles que j'ai emmenée de Paris à cet effet, note l'adresse du bureau en lettres majuscules et m'enquiers, à la réception, du moyen de m'expédier la chose en recommandé.

Affable, le réceptionniste se charge de toutes les formalités et me jure sur la tête de ses enfants que l'enveloppe partira le jour même, par DHL. Zélé, il me confie le reçu qui me garantit une réception dans les 48 heures.

Il me reste deux heures pour rejoindre

l'aéroport et restituer au comptoir Hertz mon tricorps japonais, pas plus cabossé (c'est un exploit dont je ne suis pas peu fier) que lorsque j'en ai pris le volant.

Pourtant, les choses ne se déroulent pas aussi facilement que je l'avais prévu. Au comptoir de l'agence de location, la charmante hôtesse de lundi matin me parait bizarrement nettement moins souriante. C'est mauvais signe. J'ai à peine le temps de lui présenter les papiers du véhicule que deux gorilles jaillissent de l'arrière boutique, comme deux diables de leur boite, et m'enjoignent de les suivre au poste de police de l'aéroport pour un contrôle de routine... tu parles, elle a bon dos, la routine. Ça sent le guet-apens à plein nez. Rien qu'à la manière dont ils surveillent mes moindres faits et gestes, pendant les trois minutes qu'il nous faut pour traverser le hall de l'aéroport et gagner l'antenne locale du commissariat, j'ai la certitude qu'ils m'attendaient.

Mais pourquoi ? En quoi est-ce que mes activités en Turquie peuvent intéresser les autorités ?

Arrivé à destination, encadré des deux énergumènes, j'ai droit à la totale : examen scrupuleux de mes papiers – quelqu'un s'empare de mon passeport pour le faxer à l'ambassade de France – et billets d'avion, fouille en règle de mes bagages... qui déclenche des sourires de triomphe.

En deux temps trois mouvements, l'appareil photo, le téléobjectif et le transformateur sont sortis de ma valise et posés sur le bureau. Dans un anglais encore plus approximatif que le mien, celui que je prends pour le chef du poste me demande à quel usage je destine ce matériel.

Bien que je ne comprenne pas bien en quoi les affaires de fesses de Michel Demezières peuvent intéresser mes interlocuteurs, je bénis le ciel d'avoir expédié les pellicules par un autre chemin.

Rendu plus que circonspect par de vieilles réminiscences de Midnight Express, je décide de jouer carte sur table. D'autant que je n'ai strictement rien à cacher. J'explique que je suis détective privé – je sors ma licence – et que j'ai été mandaté par une cliente française pour vérifier les faits et gestes de son mari, qu'elle soupçonne de prendre du bon temps en Turquie. La lettre de mission signée par Armande Demezières est examinée sous toutes les coutures. L'absence de pellicule dans l'appareil photo chagrine mes interlocuteurs, qui ne semblent que moyennement enclins à croire mon histoire. Visiblement, ce que je leur raconte ne colle pas avec ce qu'ils attendaient. Ils me questionnent en boucle sur Spacialight et sur les raisons pour lesquelles ma voiture a été repérée, trois soirs de suite, devant les locaux de l'entreprise.

Je répète à l'envie que je n'étais là que dans le but de confondre un mari volage ; que ma mission est de nature privée, sans aucun lien avec l'activité professionnelle de ma cible, qui aurait aussi bien pu être cuisinier ou Go au Club Med local ; que j'ai expédié les pellicules par DHL parce que c'est la procédure habituelle en pareil cas ; que mes titres professionnels sont en règle et que les autorités françaises corroboreront mes dires, il suffit de leur poser la question ; que si ceux qui m'ont repéré devant chez Spacialight m'ont filé, ils ont certainement constaté que je me bornais à pister un salarié... (je doute que quiconque m'ait pris en chasse, mais on ne sait jamais).

Il y a longtemps que l'avion pour Paris s'est envolé quand la réponse de l'Ambassade de France arrive enfin. Au grand dam de mes interlocuteurs, elle confirme mon identité et ma profession, ainsi que la validité de mes papiers. On me laisse visiblement partir à regret, sans une explication et sans une excuse.

Ceci dit, ça m'aurait étonné.

J'en suis quitte pour négocier avec Air France une place sur le vol suivant.

Le décollage est un véritable soulagement.

Chapitre VII

Les pellicules arrivent comme prévu, deux jours plus tard. Elles n'ont pas souffert et voyage et je suis satisfait des clichés que le développement révèle. On y voit très clairement Michel Demezières et ses deux « amies ».

Pressé d'en finir, je m'attelle immédiatement à la rédaction du rapport et téléphone à Armande Demezières, pour lui en expliquer brièvement le contenu et fixer un ultime rendez-vous de restitution. J'en profite pour lui faire part de ma mésaventure à l'aéroport, au motif que cette petite plaisanterie m'a coûté quelques centaines de francs de modification de billets, que j'espère lui refacturer. Elle ne semble guère surprise. L'essentiel est que j'ai sauvé les photos.

Nous nous revoyons à la mi-novembre.

L'entretien est bref.

C'est une femme calme et déterminée qui entre dans le bureau. Les éléments que je lui ai communiqués par téléphone ont suffi à balayer ses derniers doutes. Elle a déjà repris contact avec son avocat, qui attend avec impatience les deux planches de photos que je lui ai promises avec le rapport. Devant moi, elle ne jette qu'un rapide coup d'œil aux clichés, comme si ceux-ci ne la concernaient pas. Je suis quasiment certain qu'une fois à l'abri des regards, elle passera de longues heures à étudier le visage de ces deux sœurs avec lesquelles son futur ex-mari semble en si bon terme.

Comme souvent, les photos sont peu explicites, et c'est presque pire : il lui faudra imaginer ce qui peut se passer dans l'intimité de l'appartement du petit immeuble blanc, quel rôle jouent le chignon et la natte dans la vie de Michel Demezières... qui sait d'ailleurs s'il ne se tape pas les deux ?

Armande serre les dents, concentrée sur l'objectif qu'elle s'est fixé : obtenir le divorce aux seuls torts de son époux et «lui faire cracher un maximum ».

Pour le principe, même si elle n'en a pas besoin. Parce qu'elle voudrait faire autre chose de sa vie, peut-être s'occuper d'enfants déshérités... les gosses, ça a toujours été son truc, au fond.

Et dire qu'elle a perdu tout ce temps pour rien !

Je me tais, fidèle à mes habitudes. Je ne vois d'ailleurs pas ce que je pourrais dire en pareil cas. Chacun prend ce qu'il veut prendre, et laisse le reste.

Chacun repart avec sa vie, comme il le peut. Notre boulot est d'apporter les éléments qui nous sont demandés, pas de recoller les pots cassés.

Elle me signe son dernier chèque et

récupère les photos (dont je conserve un double) et le rapport, qu'elle m'indique vouloir transmettre tels quels à son avocat.

Dans une procédure de cette nature, il faut patienter plusieurs mois pour que les deux parties constituent leurs dossiers, transmettent leurs conclusions et formulent leurs exigences.

Un rapport comme celui que je viens de lui fournir est considéré comme constitutif de preuve et susceptible à ce titre d'être utilisé par son défenseur pour étayer ses demandes devant le juge aux affaires familiales. Mais il est également fort possible qu'il reste lettre morte dans le tiroir de l'avocat. C'est lui qui jugera, en accord avec sa cliente, s'il est opportun de livrer aux débats les éléments qu'il contient.

Pour l'agence, c'est une affaire classée. D'autant que l'activité repart avec vigueur : nous devons prendre en charge plusieurs dossiers urgents, dont celui d'un chef d'entreprise mené à la banqueroute par des collaborateurs peu scrupuleux, qui se sont opportunément associés pour remonter une société concurrente.

Chapitre VIII

L'automne et l'hiver se passent sans difficulté majeure. Eventé, le redouté bug de l'an 2000 se solde par un pschitt...

Mars 2000, en fin de journée.

Cerise est sur le point de partir et je m'apprête moi-même à lui emboîter le pas. Nous sommes, ma femme et moi, attendus pour dîner chez des amis, et je compte bien, pour une fois que mon activité le permet, être à l'heure au rendez-vous.

Le téléphone sonne au moment même où j'allais fermer le bureau. C'est peut-être ma femme, qui aura oublié les fleurs... mentalement, je m'efforce de visualiser le trajet qui me sépare du fleuriste le plus proche.

Mais c'est un parfait inconnu, qui

demande, avec un léger accent belge, à parler à Monsieur Elie Cohen. Cerise écoute en silence, hausse un sourcil et fait mine de me passer le téléphone, histoire de savoir si je veux prendre la communication. D'un signe du menton, je m'enquiers du pedigree de l'interlocuteur.

Mais l'homme refuse de donner son nom, insistant pour me parler en direct. Cerise branle du chef et occulte le micro de la main : « Il prétend que c'est important mais refuse de m'en dire davantage. Il veut absolument vous parler ».

Je n'aime pas ça (d'expérience, les correspondants anonymes ne m'inspirent guère confiance) mais n'ai guère le choix. J'empoigne le combiné d'une main et invite, de l'autre, ma secrétaire à rejoindre ses pénates. Point n'est besoin que nous nous fassions, tous les deux, engueuler par nos conjoints respectifs.

- Elie Cohen, à qui ai-je l'honneur ?

- Bonsoir M. Cohen, j'espère que je ne vous dérange pas ?

- ....

- J'ai beaucoup entendu parler de vous, en bien, évidemment (ben tiens !), et je voudrais vous rencontrer. Il s'agit d'une affaire de la plus haute importance, il m'est impossible de vous en dire plus par téléphone... Disons, disons que c'est très personnel et très délicat.

- ...

- Ecoutez, je ne veux personne d'autre sur cette affaire. Vous comprenez, votre réputation est excellente, même au-delà des frontières françaises (ceci pour l'accent belge). Vous m'avez été chaudement recommandé (par qui?), et j'ai toute confiance en vous.

- Accepteriez-vous de me rencontrer, disons demain, demain matin à la Gare du Nord, à l'arrivée du Thalys de 10h05 en provenance de Bruxelles ?

- Et comment vous trouverai-je ?

- Ne vous inquiétez pas, je vous reconnaîtrai.

C'est un peu fort de café ! Voilà un type qui m'appelle manifestement de Belgique (pays dans lequel je n'ai jamais travaillé ni ne me sais de clients expatriés), que je n'ai jamais vu, qui n'a toujours pas de nom et qui prétend qu'il saura me reconnaître ! Simplement parce que je ferai le pied de grue, demain, à 10 heures 05 précises, à l'arrivée du Thalys en provenance de Bruxelles ?! Cette conversation loufoque commence à me courir, d'autant que ce n'est pas la première fois que nous avons des plaisantins en ligne, et que le moment est plutôt mal choisi : encore cinq minutes et je serai en retard.

- Cher monsieur, sachez que, sans votre nom et quoi que vous prétendiez être en mesure de me reconnaître, il est exclu que je me déplace. Je ne peux que vous conseiller d'aller voir ailleurs. Vous trouverez certainement, parmi mes confrères belges, des professionnels intègres à même de traiter votre affaire. Pour ma part, je n'apprécie guère le secret et les clients anonymes...

- Léon, je m'appelle Monsieur Léon.

- Ben tiens, Léon... de Bruxelles ! Il ne manquait plus que cela.

- Je compte sur vous, Monsieur Cohen. Demain matin, 10 heures

05 à la Gare du Nord, à l'arrivée du Thalys. Je ne vous retiens pas davantage. Bonne soirée, Monsieur Cohen.

Et il raccroche. Finalement, il m'a détendu, le Léon de Bruxelles. Je ferme le bureau avec le sourire. Quitte à perdre mon temps, je suis décidé à aller, le lendemain, satisfaire la curiosité que cet étrange coup de téléphone a éveillé en moi.

Le lendemain matin, j'arrive, comme à mon habitude, très en avance au rendez-vous. J'ai pour principe d'être toujours à l'heure, pour ne jamais faire attendre un client.

Je laisse la voiture à proximité de la gare, du côté de l'ancienne entrée, en face (hasard ou pied de nez ?) d'un restaurant... *Léon de Bruxelles*.

L'endroit est encore désert à cette heure de la matinée. Quelques serveurs s'occupent de dresser les tables en prévision du déjeuner.

L'occasion est trop belle. J'entre et me dirige vers le bar. Derrière le comptoir, le responsable des lieux (comme l'annonce le badge épinglé au revers de sa veste) essuie, sans conviction, quelques chopes à bière. Avec un grand sourire, je lui explique que je suis venu chercher un ami, Léon, qui arrive de Bruxelles. Pour son premier séjour dans la capitale, j'ai décidé de marquer le coup.

Ce serait sympa si je pouvais l'attendre à la descente du train avec un menu du restaurant. C'est le genre d'humour qu'apprécie mon ami Léon... « Vous savez, ces Belges, il ne leur en faut pas beaucoup ».

Je ne dois pas être le premier à faire ce genre de demande. Le gars n'a pas l'air plus surpris que cela, et négocie mollement le menu, au tarif d'un paquet de cigarettes.

Je ressors quelques instants plus tard, la carte sous le bras.

Le Thalys de 10 h 05 est pile à l'heure.

Planté en bout de quai, je brandis mon menu sous le nez des hommes d'affaires pressés qui s'en échappent par petits groupes, me jetant au passage un regard qui étonné, qui goguenard.

- Monsieur Léon, peut-être ?

- Vous êtes un marrant, vous.

L'homme qui s'est arrêté à ma hauteur me dépasse d'une bonne tête, ce qui n'est pas rien compte tenu que je mesure déjà un bon mètre 90. Vêtu d'un manteau beige, la peau très claire et les cheveux tirant sur le roux, il tient une petite mallette en fer blanc.

Nous nous saluons. Sa poignée de main est virile, comme dirait l'autre. Un peu plus, il me broyait les doigts. Sous ses manières affables, l'homme est sûr de lui. Mon petit manège ne l'a pas déstabilisé. Je lui propose de prendre un café dans l'une des brasseries qui bordent la gare, mais il décline fermement mon offre.

- Je préfèrerais que nous allions directement à votre bureau, Monsieur Cohen. Je vous expliquerai l'affaire en chemin. Je me méfie de tous ces lieux publics, où les murs ont des oreilles.

Il recommence à me courir, le Léon, avec sa paranoïa du complot. Tout cela me semble décidément un peu trop gros pour être honnête. Je ne distingue pas son poignet droit, recouvert par la manche du manteau, mais je jurerais presque qu'il est relié par une chaîne à la petite valise en métal, comme dans les films d'espionnage.

Nous rejoignons ma Safrane et je le prie de s'installer à l'avant, côté passager. Je me glisse derrière le volant, engage la clé de contact mais ne démarre pas. Avant d'aller plus loin, je lui demande de m'expliquer l'objet de la mission. Il insiste, répétant qu'il m'en dira plus en chemin, qu'il faut absolument que je démarre. Mais je suis plus têtu que lui et menace de le planter sur le trottoir avec sa mallette s'il ne s'exécute pas.

A bout d'arguments, Monsieur Léon finit par poser la valise sur ses genoux. Il tire une petite clé de la poche intérieure de son manteau, jette un coup d'œil dans la rue, et déverrouille rapidement les deux serrures. Le couvercle s'ouvre de lui-même, révélant de belles liasses de billets verts parfaitement alignées. La mallette ne contient que des dollars, pas un seul document.

    - C'est pour vous. Il y a 50 000 $.

Vous pouvez les recompter...

- Vous plaisantez, ou quoi ? Vous me prenez pour qui ? Pour un truand ?

Je referme d'une claque le couvercle de la valise et lui explique, passablement énervé, que ce n'est pas du tout le genre de la maison. Monsieur Léon s'est trompé d'adresse. Je n'ai pas pour habitude de traiter une affaire de cette façon, sans garantie, ni d'accepter des mallettes de billets sans savoir de quoi il retourne.

Cela ne m'est jamais arrivé, et il est exclu que je commence aujourd'hui pour les beaux yeux d'un quidam qui n'a même pas la correction de se présenter sous sa véritable identité ! Si Monsieur Léon désire me faire travailler, qu'il passe par les voies légales.

- Ne vous énervez pas, Monsieur Cohen. Laissez-moi au moins

vous expliquer de quoi il retourne. Vous verrez, vous comprendrez mieux pourquoi je suis obligé de prendre certaines précautions. Mais votre réaction vous honore, je savais que je pouvais vous faire confiance.

- ...

Monsieur Léon me brosse, sans plus attendre, les grandes lignes de la fameuse « mission » dont il voudrait tant que je me charge. Il s'agit de surveiller et de filer un ministre français (ben voyons), l'un des plus importants personnages du gouvernement de l'époque, qui serait soi-disant l'amant de sa maîtresse. Il tient à celle-ci, épouse d'un ambassadeur en poste à Paris, comme à la prunelle de ses yeux. Lui-même est marié de son côté, et doit faire preuve de la plus grande discrétion pour ne pas heurter son épouse (une femme de grande valeur, qu'il ne voudrait pas perdre) et ses enfants. Il est prêt à payer sans compter (en liquide, que dis-je, en dollars !) pour que je lui obtienne les photos qui confirmeraient ses doutes quant à la félonie de sa maîtresse.

Pour un peu je me pincerais tant l'histoire est abracadabrante. Un ministre, une épouse d'ambassadeur, un gars qui débarque avec des valises de billets, on se croirait dans un film. Mais Léon insiste : tout ceci est la pure vérité !

Le travail qu'il me demande d'effectuer (pour autant qu'il y ait quoi que ce soit de vrai dans ce qu'il vient de me raconter) est certes relativement simple quant à sa nature, mais diablement risqué quant à la qualité des protagonistes impliqués. Or je me suis juré, lorsque j'ai choisi le métier de détective privé, de ne jamais accepter aucune affaire touchant de près ou de loin à un personnage public, un homme politique en particulier.

C'est ma charte de bonne conduite, et j'y tiens. Elle m'a jusqu'à présent évité bien des écueils et des inimitiés, et il n'est pas question que j'y déroge, même pour une pleine valise de billets verts.

- Monsieur Léon, puisque c'est comme cela qu'il faut vous appeler, il y a quelque chose qui me chagrine : Pourquoi faites-vous appel à moi ? Je ne suis pas le seul détective de Paris, loin s'en faut. Vos moyens semblent largement vous permettre de faire appel à des agences bien plus prestigieuses que la mienne. Vous ne m'avez même pas expliqué comment vous aviez obtenu mes coordonnées...

- Monsieur Cohen, vous m'avez été recommandé par un ami dont je préfèrerais, pour le moment, taire l'identité. Mais je connais vos compétences et votre ténacité. Et puis, vous portez un nom célèbre. Pour moi, c'est plus qu'une coïncidence.

- Qui êtes-vous, Monsieur Léon ? Car c'est un pseudonyme que vous avez inventé, n'est-ce pas ?

- Vous comprenez bien que mon travail repose sur une relation de confiance avec mes clients. Je refuse d'être manipulé. Je veux savoir avec qui je traite, c'est ma première garantie.

Monsieur Léon se retranche derrière les risques que le dévoilement de sa véritable identité pourrait faire courir à sa famille. Le ministre, son rival, a le bras long. Moins j'en saurais sur lui et plus nous serons, tous les deux, protégés d'éventuelles représailles. Il s'emporte, tambourinant sur le couvercle de la mallette, insistant sur le fait que mon rapport restera strictement confidentiel et que lui seul en prendra connaissance, finissant même par me menacer sournoisement.

- Vous auriez tort, Monsieur Cohen, de refuser une telle affaire. Je n'ai ici que la moitié de la somme que je suis prêt à vous verser. Dès que vous m'aurez transmis les éléments que je vous demande, vous recevrez le complément...

J'en ai assez entendu. Je descends brusquement de la Safrane, contourne la voiture et empoigne la poignée de la portière passager. Il me faut le bousculer quelque peu pour réussir enfin à l'extirper du véhicule, avec sa fichue mallette de dollars.

Je démarre en trombe et le laisse planté sur le trottoir, lui jetant au passage un dernier « vous vous êtes trompé d'adresse, Monsieur Léon ! ».

Je rentre au bureau furieux d'avoir perdu mon temps.

Mon humeur massacrante incline Cerise à ne me poser aucune question, mais il faut que je parle à quelqu'un de ma mésaventure avec le géant de Bruxelles. Je lui en touche deux mots, entre deux bordées d'injures à l'attention du fameux Léon.

Naturellement, elle me donne raison : «Je vous reconnais bien là, Monsieur Cohen. Imaginez que vous ayez accepté, que les billets aient été marqués, qu'il se soit agi d'un piège ! Vous savez, les valises de dollars ne tombent pas du ciel. C'est certainement quelqu'un qui cherchait à nuire à l'agence...»

Certainement, mais qui ? Pourquoi ce type m'a- t-il choisi ? Pourquoi est-il venu depuis Bruxelles pour me proposer cette transaction douteuse ? Qui pourrait m'en vouloir au point de monter un pareil bateau ? Et qui, surtout, serait susceptible de remplir une valise de dollars pour ruiner ma réputation? Avec tout le respect que je leur dois, la plupart de mes confrères n'en ont pas les moyens.

Toutes ces questions me conduisent à téléphoner à l'un de mes amis, en poste aux Renseignements Généraux. On ne sait jamais, je préfère me couvrir.

Je lui explique ma mésaventure, qui l'intrigue manifestement. Il me demande de lui envoyer un courrier relatant les faits, ce sera plus prudent.

Deux jours plus tard, alors que je rentre de déjeuner, Cerise me communique un message de Mademoiselle Martin, la gestionnaire du compte de l'Agence. C'est urgent, il faut que je rappelle immédiatement la banque.

Mademoiselle Martin est toute émoustillée : elle vient de recevoir un avis de virement en provenance d'un compte suisse numéroté, pour la coquette somme de ... 50 000 dollars !

- Dans votre métier, Monsieur Cohen, ce sont certainement des choses qui arrivent. Mais comme il s'agit d'un compte numéroté, je préférais vous prévenir...

Je ne la laisse pas poursuivre et lui demande, sine die, de refuser le virement en question. La trésorerie de l'agence se serait volontiers accommodé de cette manne inattendue (ma gestionnaire ne se prive pas de me le faire remarquer), mais je redoute un coup tordu de l'ami Léon.

Je rappelle aussitôt mon copain des Renseignements Généraux, qui prend la chose très au sérieux. Il me conseille de ne pas m'inquiéter et me demande de lui envoyer un récapitulatif complet des évènements, intégrant cette histoire de virement suisse. Avant de raccrocher, il m'adresse un salut sans équivoque « Ils ont voulu te faire chocolat ! ».

Quand je vous disais que je nage en

plein roman ! Même le vocabulaire est tout droit sorti d'un film. Moi qui ai toujours rêvé de faire du cinéma, c'est le moment ou jamais.

A une époque, on me prenait pour Michel Constantin, rapport à la taille, puis pour Eddy Mitchell, à cause des traits du visage.., aujourd'hui mes potes m'appellent « Richard Geere », en raison de mes cheveux blancs.

Mais mes velléités de comédie se sont limitées à quelques pièces de théâtre – à 14 ans, j'ai endossé avec un certain succès le rôle de « Galopin » dans la Farce de l'Aiguille, une pièce de boulevard, j'ai même eu droit à un article élogieux dans le Dauphiné Libéré – et à des courts métrages.

Une fois, j'ai tenu un, petit rôle pour Canal+, celui d'un videur de boîte de nuit à l'hôtel Noga Hilton de Cannes. Il se trouve que mon frère habite à côté du Palm Beach et que j'avais décidé de profiter de son hospitalité pour assister au festival de Cannes. J'avais fait le voyage avec une équipe de la chaîne, à laquelle j'avais laissé une carte professionnelle (on ne sait jamais). Le hasard a voulu qu'ils aient besoin de quelqu'un le soir même, et que j'aie été disponible.

Bref, mes quelques exploits de comédien m'ont laissé un excellent souvenir, mais ce n'est pas une raison pour endosser le rôle que les amis de Monsieur Léon voudraient me faire jouer : celui du pigeon.

Justement, il semblerait que le sieur Léon ait été rapidement informé du rejet du virement : dès le lendemain, il téléphone à l'agence, demandant à me parler. Rien qu'à voir la tête de Cerise, je devine qui est au bout du fil. Avec beaucoup de réticence, elle me passe la communication dans mon bureau.

Monsieur Léon est de moins en moins aimable et de plus en plus direct. Il m'engueule même carrément, répétant à l'envie qu'il ne comprend pas ma réaction, qu'il s'était mis dans l'idée de me faire travailler, qu'il m'aurait fait une « excellente publicité », que je vais, en refusant, au devant de «gros ennuis», que mon «entêtement» risque de me coûter cher.

J'avoue que je perds également quelque peu mon sang froid et ne me prive pas de lui faire savoir ce que je pense de ses «méthodes de gangster». Notre échange peu cordial et émaillé de noms d'oiseaux me laisse néanmoins sur ma faim : j'ai passé mes nerfs sur Monsieur Léon, mais n'ai toujours aucune idée de l'identité du commanditaire qui se cache derrière lui. Car je suis désormais persuadé que le géant roux n'est pas le cerveau de cette rocambolesque affaire.

Mais pourquoi voudrait-on me piéger, moi ? Pourquoi insister autant pour que je commette un faux pas ? Je ne suis que le modeste patron d'une toute petite entreprise, qui n'a jamais fait de vague... Nous nous occupons discrètement et honnêtement (quoique qu'en pensent certains) de nos affaires, sans flonflons ni publicité outrancière.

Estimant avoir été on ne peut plus clair au téléphone avec l'ami Léon, je considère que l'affaire est définitivement réglée.

Nous nous replongeons dans les dossiers en cours, dont le nombre suffit à nous faire oublier l'accent belge et les valisettes suspectes. L'activité est florissante et l'année s'annonce exceptionnelle. Il y a au moins un point sur lequel Léon ne s'était pas trompé : les clients sont satisfaits des prestations de l'agence et en redemandent. Il leur arrive également de nous recommander, mais à des gens honnêtes, qui ne dissimulent pas leur identité derrière des pseudonymes farfelus.

Chapitre IX

Un matin, en arrivant au bureau à l'heure habituelle, quelques semaines après avoir raccroché avec l'ami Léon, je remarque une petite camionnette garée sur la place handicapée située juste en face de l'agence. Etrange, on dirait un « soum » me dis-je en pressant le pas, ma belle humeur soudain envolée.

Je suis souvent le premier à arriver le matin. Je fais le tour des bureaux, mets un peu d'ordre, prépare un café et m'installe confortablement devant un dossier en cours, en attendant que Cerise pointe le bout de son tailleur.

Mais ce matin-là, la camionnette garée sous mes fenêtres m'empêche de savourer pleinement ces habituels moments d'auto congratulation. Un sous marin, je mettrais ma main à couper que c'est un sous marin. Comment expliquer, sinon, que la zélée police municipale ne se soit pas pointée, sirène hurlante et carnet à souches en main, pour verbaliser l'imprudent grassement stationné sur une place réservée aux handicapés et lui enjoindre de déguerpir ?

Hors personne n'est venu. Cette indulgence me paraît plus que suspecte.

Planqué derrière le rideau, de biais pour ne pas me faire repérer, je relève le numéro d'immatriculation. Je tourne en rond, incapable de me concentrer sur quoique ce soit d'autre que ce fourgon blanc entièrement tôlé, qui me nargue de l'autre côté de la rue. Par acquis de conscience, je vérifie qu'aucun micro ne s'est invité cette nuit sous mon bureau ou dans le combiné du téléphone... Mais il n'y a rien, en tous cas rien que je puisse déceler. La caméra infrarouge que je conserve allumée en permanence ne s'est pas déclenchée.

A bout de patience, je finis par décrocher le téléphone pour tenter de joindre mon copain des renseignements généraux, mais il est à peine huit heures du matin et personne ne répond.

A son arrivée, Cerise me trouve la tête des mauvais jours.

- Ca ne va pas, Monsieur Cohen ? On dirait qu'il y a un problème...

- Je ne sais pas, Cerise, je ne sais pas. Mais mon petit doigt me dit que quelque chose ne tourne pas rond. Vous n'avez rien remarqué d'anormal, ce matin, en arrivant ?

- Non, qu'est ce que j'aurais dû voir?

- Cerise, une fois n'est pas coutume, ce matin, vous allez

nous acheter des croissants.

Ma secrétaire ouvre des yeux grands comme des soucoupes. Moi qui la bassine depuis que nous travaillons ensemble avec mon sacro-saint rituel du matin – café noir et rien d'autre, surtout pas de viennoiseries, ça me donne des aigreurs d'estomac – et voilà que je lui demande, avec une mine d'enterrement, d'aller me chercher des croissants.

- Des croissants ou n'importe quoi d'autre. Prenez ce que vous voulez, je m'en fous, je n'en mangerais pas. Ce qui m'intéresse, c'est que vous passiez devant la camionnette blanche, de l'autre côté de la rue. Cette bagnole m'inquiète. Elle n'a pas bougé depuis que je suis arrivé. Je me demande si ce n'est pas un sous marin.

- Un quoi ?

- Un sous marin, vous savez, un fourgon bourré d'électronique, avec trois ou quatre gugusses dedans, qui épient nos moindres faits et gestes ! Un sous marin, quoi, comme dans les films !

- Mais, Monsieur Cohen, pourquoi voulez vous qu'on aille placer un «sous marin», comme vous dîtes, devant l'agence ? C'est ridicule, nous n'avons rien à cacher.

- C'est ce que je me répète depuis tout à l'heure, mais ça me turlupine. Qu'est-ce qu'ils foutent, les flics ? D'habitude, vous avez à peine le temps de sortir de votre bagnole qu'ils sont déjà là, avec leur putain de carnet à souches, pour vous en coller une. Et je ne vois aucun macaron handicapé sur ce foutu fourgon. Il devrait déjà être constellé de prunes !

- Ne vous inquiétez pas, Monsieur Cohen, je vais aller jeter un œil.

Elle est de retour dix minutes plus tard, avec un pain au chocolat et les derniers potins du quartier. D'après la boulangère, le fourgon est en place depuis « au moins deux heures du matin ». Son mari l'aurait remarqué en allant préparer sa première fournée. Pensez, si c'est pas scandaleux, quand même, sur la place handicapé ! Alors que toute la rue était libre ! Les gens se foutent du monde !

Cerise n'a rien entendu en passant à proximité de la camionnette, ni rien remarqué de suspect. Elle va préparer le café, que je n'ai pas eu le courage de faire, et m'en amène une tasse. Je tente de me mettre au travail, l'esprit ailleurs, obsédé par la fourgonnette blanche. A 9 heures et demi, je parviens enfin à joindre mon copain des Renseignements Généraux. Je lui demande, à titre exceptionnel et par amitié, de vérifier le numéro d'immatriculation du véhicule stationné devant ma fenêtre. Il me pose quelques questions – est-ce que j'ai reçu des coups de téléphone suspects, est-ce que j'ai vu traîner quelqu'un de louche, est-ce que Cerise a remarqué quelque chose ces derniers jours, etc.. ? – et raccroche.

Je continue à tourner en rond, dans l'attente du verdict... qui ne tarde pas à venir. Cinq minutes après, mon pote me rappelle :

- Elie, c'est une voiture de la maison.

- De quel service ?

- Je ne sais pas encore, mais je te tiens au courant.

Et voilà, j'ai décroché le gros lot ! Il y a bien un sous marin sous ma fenêtre. Mais pourquoi, bon dieu ? En quel honneur la « maison » s'intéresse-t-elle soudainement à mes agissements ? Je n'ai jamais rien eu à cacher, à personne. Si ça se trouve, c'est un pur hasard. « Ils » sont venus surveiller quelqu'un d'autre, un voisin, un type du quartier... Impossible de me concentrer sur quoi que ce soit d'autre. Je rumine et fais la gueule à tout le monde, en premier lieu à Cerise qui en déduit immédiatement que mes craintes étaient fondées. Depuis son bureau, elle jette des regards inquiets à l'autre côté de la rue. Elle sursaute chaque fois que le téléphone sonne et s'en saisit comme à regret, tendant l'oreille au cas où un clic discret lui confirmerait que nous sommes sur écoute. Cette attente est insupportable. Je ne sais pas ce qui me retient de traverser et d'aller frapper à la porte du camion blanc, histoire de crever l'abcès une bonne fois pour toutes.

Le copain des Renseignements Généraux me rappelle en fin de matinée :

- Elie, c'est la DST. Ils sont là pour toi, ils te surveillent, ils t'écoutent peut-être aussi.

- Mais enfin, qu'est ce que c'est que ce cirque ?

- Ecoute, je me renseigne pour savoir ce qui se passe et je te tiens au courant. Je ne sais pas pourquoi ils sont là, mais je sais qu'ils sont là pour toi. De ton côté, essaye de voir si tu trouves quelque chose, une affaire sur laquelle tu travaillerais... Ils ne sont pas venus pour rien, il y a certainement un truc.

C'est une matinée grise, de celles qui vous donnent envie de rester calfeutré au fond de votre lit, la tête enfoncée dans l'oreiller et la couette par dessus. C'est ce que j'aurais dû faire, en somme. Mais maintenant que je suis là et que j'ai cette merde sur les bras, autant m'y coller tout de suite. De toutes manières, je suis incapable de faire autre chose. Il faut que je trouve des réponses à toutes les questions qui se bousculent dans ma tête, et dans celle de Cerise, dont la mine n'a cessé de s'allonger depuis qu'elle est arrivée.

Au nom de «DST», son visage a pris la couleur de son tailleur, vert pâle.

Comme un ours en cage, je tourne, je tourne entre les autres murs du bureau, jetant un coup d'œil dans la rue chaque fois que mes pas m'amènent devant la fenêtre. Or, dans la rue, il ne se passe rien. La fourgonnette garde tout son mystère. C'est encore plus stressant. De toute la journée, pas un mouvement, pas un bruit, personne n'entre ni ne sort. Je ne sais pas comment ils font, à l'intérieur. Ils doivent pisser dans des bouteilles... C'est une idée qui me réconforte. Je les imagine, crevant de froid, de l'envie d'en griller une ou d'aller simplement se dégourdir les jambes. Mais ce sont des types entraînés, qui savent se tenir.

Quitte à perdre leur temps à surveiller un honnête privé qui va finir par se choper un ulcère à imaginer ce qu'on peut bien lui vouloir ! Quelle connerie !

La journée se passe dans une tension croissante. Je libère Cerise une heure plus tôt que prévu, de peur qu'elle ne finisse par me faire une crise de nerfs. Le téléphone semble être devenu son pire ennemi. Elle le fixe d'un air suspicieux et, quand il sonne, bondit de dix centimètres sur son siège. Chaque fois que la porte s'ouvre, je jurerais qu'elle s'attend à voir entrer une équipe en imper et chapeau mou, genre Gestapo.

J'ai beau chercher, je ne vois pas quelle affaire peut nous avoir amené un tel voisinage. Nous n'avons travaillé sur aucun dossier sensible depuis de nombreux mois, uniquement sur des affaires de routine : escroqueries, adultères, litiges commerciaux, etc.. Rien qui justifie le déplacement d'une équipe de la DST.

Je rentre à la maison d'une humeur de chien. Le fourgon n'a pas bougé d'un iota, le pare-brise toujours vierge de prune. Pour un peu, j'irais foutre un bon coup de pied dans son putain de pare-choc, ça me soulagerait !

Difficile de cacher à mon épouse qu'il se passe quelque chose d'anormal. Rien qu'à voir ma tête, elle comprend qu'il y a un truc. De toutes façons, je ne lui fais jamais mystère des difficultés que je traverse. Nous ne parlons pas des affaires que je traite, ce serait contraire à la déontologie du métier, que je mets un point d'honneur à respecter à la lettre. Je tiens aussi à préserver autant que possible ma famille de la merde que je remue. Mais nous discutons de tout le reste, de l'activité en général, des problèmes de personnel qu'il m'arrive de rencontrer...

Bref, en dix minutes, elle est au courant de l'irruption du sous marin sous mes fenêtres et de la nature de l'opération qui semble se tramer. Que faire, comment réagir ? Nous ressassons le problème sous tous ses angles pendant le reste de la soirée, sans avancer d'un pouce.

La solution est au bureau.

Cette histoire a certainement un lien avec une affaire que l'agence a traitée, même si je ne vois pas encore laquelle. Il faut que je reprenne un à un tous les dossiers des derniers mois.

Je vais me coucher sans entrain et passe une bonne partie de la nuit à essayer de m'endormir, alors qu'il me suffit d'habitude de poser la tête sur l'oreiller pour plonger dans un sommeil sans rêve. J'ai l'impression de voir défiler toutes les heures sur le cadran luminescent de la pendulette qui trône sur la table de nuit. A côté de moi, mon épouse est parfaitement immobile, tellement que c'en est suspect : Je suis persuadé qu'elle ne dort pas non plus, mais ne trouve pas le courage de lui poser ouvertement la question. A quoi bon nous tourmenter encore en prolongeant la conversation de la soirée. Comme dirait l'autre, la nuit porte conseil.

Celle que je passe me laisse plus fatigué encore au réveil qu'au coucher. J'ai dû m'endormir sur le matin : la sonnerie me tire d'un sommeil glauque, dans lequel je suis tombé comme on tombe dans un puits.

Un rien comateux, je me lève pourtant à l'heure habituelle et me traîne jusqu'à la douche, dont le jet brûlant est impuissant à me tirer de mon abattement.

J'avale un café sans plus d'entrain et prends la route de l'agence, avec la certitude que je vais passer un très mauvais moment. Pressentiment, quand tu nous tiens..

Je ne suis pas vraiment surpris de

constater que le fourgon blanc n'a pas bougé d'un centimètre. Cerise a changé de tailleur, mais pas de teint. Ce matin, elle est en gris jusqu'au cou et verdâtre au-dessus. Je ne dois pas avoir tellement meilleure mine.

Armé d'une pleine cafetière, je décide de me plonger dans l'examen des dossiers les plus récents.

Il me faut près de deux heures pour trouver ce qui cloche : Léon, l'ami Léon, le géant de Bruxelles ! C'est la seule affaire qui ait senti le roussi depuis au moins deux ans. Mais que vient faire la DST au beau milieu des bobards de l'ami Léon ? Et pourquoi viendrait-on me surveiller, alors que je n'ai rien fait d'autre que le renvoyer dans ses cordes, refusant, malgré ses pressantes sollicitations, de travailler pour lui ?

Qui était donc ce mystérieux Léon ? Y avait-il quoique ce soit de vrai dans son affaire de ministre à la « mords-moi-lenœud » ?

Si la DST est venue se coller à mes basques, rapport à l'ami Léon, il est fort possible que celui-ci se soit également manifesté à cause d'une autre affaire. L'idée m'avait traversé l'esprit, à l'époque, mais j'avais laissé tomber, faute de temps... Aujourd'hui, je suis dos au mur.

Cerise empile les dossiers un à un sur mon bureau, à droite du sous-main. Je repose ceux que j'ai lus par terre, cherchant en vain un lien entre Léon, la DST et ce que je lis.

Encore deux heures à me triturer les neurones et c'est le déclic : ANKARA ! La voilà, l'affaire qui a pu me créer toutes ces emmerdes !

Avec la DST dans le tableau, c'est lumineux : quelqu'un a dû faire croire à ces braves gens que j'espionnais Spacialight !

C'est l'évidence même : la mission m'a obligé à planquer à proximité du lieu de travail du surveillé plusieurs soirs de suite, à prendre des photos, à poser quelques questions... L'épisode de l'aéroport d'Esenboga me revient brusquement en mémoire, confirmant mes hypothèses. Déjà, à l'époque, un petit malin avait tenté de me faire passer pour un espion. Et ce petit malin ne peut être que... Michel Demezières, bien sûr ! Qui d'autre aurait intérêt à compliquer ainsi les choses.

Je me replonge avidement dans le dossier. Les conclusions étaient accablantes pour lui. Et elles ont dû lui être communiquées par le biais de l'avocat d'Armande, trop heureux de réclamer le maximum pour sa cliente délaissée et trahie. Tu parles, il a dû trouver la note un peu salée, le Michel : fini, le joli « pied-à-terre » de Saint Mandé, le chalet de Megève et l'appartement de Cannes, finie, la petite pension mensuelle sur le compte de

Madame ; bonjour le « baise-en-ville » à Ankara, un patrimoine réduit de moitié et une indemnité compensatoire multipliée par trois ! C'est certain, cela fait cher payé l'amourette locale, même avec deux jolies Turques pour le prix d'une !

Bref, Monsieur a sorti le grand jeu : retour d'Elie Cohen sur la scène internationale, entrée en jeu de Léon (qui a foiré), espionnage, DST (parce que Léon a foiré), et tout le tralala !

Brusquement ravigoté par l'hypothèse que je viens d'échafauder et qui me semble la seule plausible, je me précipite sur le téléphone et rappelle mon pote des Renseignements Généraux.

Si je le bassine avec mes histoires, il n'en laisse rien paraître et se montre même plutôt enclin à m'écouter.

Il finit par admettre que la piste Demezières tient la route.

Chapitre X

Il ne m'en faut pas plus pour me décider. Ma patience est à bout et ce qui me reste de nerfs ne tiendra pas jusqu'à la fin de la journée.

Je décide d'en finir, empoigne ma veste, sors du bureau d'un pas décidé et traverse la rue en trois enjambées. Comme si c'était la chose la plus naturelle du monde, je vais toquer à la porte de la fourgonnette. Tout aussi naturellement, elle s'ouvre dans la seconde qui suit.

Je me trouve nez à nez avec un petit bonhomme d'une cinquantaine d'années, bedonnant et dégarni, qui me fixe derrière de minces lunettes à monture d'écailles. Il n'a pas l'air du tout surpris de mon intrusion dans son univers de tôle blanche. Les présentations étant manifestement inutiles, je lui demande calmement ce qu'il fabrique et pourquoi il me surveille.

Il descend du véhicule, referme soigneusement la porte derrière lui et propose que nous allions discuter de tout cela dans mon bureau.

Je retraverse la rue, le petit bonhomme sur mes talons.

Nous faisons une entrée remarquée dans l'agence. Dérogeant à son habituelle discrétion, Cerise dévisage mon compagnon avec une insistance à la mesure de son étonnement : le fait est que le petit homme n'a rien d'un gestapiste.

Rassérénée, elle retrouve quelques couleurs et me propose de refaire du café.

Je précède mon « surveillant » dans mon bureau.

Il ne mesure pas plus qu'un mètre soixante. Le cheveu ras, trapu, il arbore une fine moustache. Son costume gris foncé est un peu froissé, la chemise blanche ouverte, sans cravate. Il s'assied sans façon et accepte de bonne grâce le café que Cerise lui propose.

- Ecoutez, je n'irai pas par quatre chemins. Je crois que j'ai deviné pourquoi on vous avait demandé de me surveiller, Monsieur ..., monsieur comment, d'ailleurs ?

- Monsieur André.

- Monsieur André. Je pense que c'est au sujet d'une affaire qui m'a récemment amené à Ankara. Mais je souhaiterais que vous preniez vous-même connaissance du dossier. Je ne suis pas certain que ce qu'on vous en a dit corresponde tout à fait aux éléments que j'ai rassemblés.

Monsieur André ne fait aucun

commentaire et se plonge, tasse en main, dans le dossier que j'ai poussé devant lui. Il détaille le compte-rendu de ma première conversation avec Armande Demezières et le contrat que je lui ai fait signer.

Il feuillette attentivement le rapport que j'ai rédigé à mon retour de Turquie, s'attarde sur les photos de Michel Demezières en galante compagnie et fronce les sourcils. Monsieur André n'a pas l'air d'apprécier la plaisanterie :

- Qu'est ce que c'est que ce cirque?

- D'après vous? Le mari et ses conquêtes turques. J'ai transmis tous ces éléments à l'épouse, qui a dû s'empresser de demander le divorce aux torts de sa tendre et volage moitié.

- Je dois avouer que cela ne «colle» pas vraiment à ce que je m'attendais à trouver chez vous. Je n'aime pas ça, Monsieur

Cohen. Je n'aime pas qu'on me prenne pour un imbécile.

- ...

- A qui avez-vous remis ces documents ?

- Je viens de vous le dire : à ma cliente. Je suppose qu'elle a transmis le tout à son avocat. Du moins, c'est ce qu'elle avait l'intention de faire la dernière fois que je l'ai vue.

- Quels sont vos liens avec Israël, Monsieur Cohen ?

- Je vous demande pardon ?

- Avez-vous de la famille, des amis, des relations en Israël ? Vous êtes-vous rendu récemment dans ce pays ?

- J'ai un cousin qui est parti faire son Alyah il y a quatre ou cinq ans. Je lui avais promis que nous irions le voir, avec ma femme et les gamins, mais nous n'avons encore pas trouvé l'occasion. Sincèrement, avec tout ce qui se passe là-bas, j'avoue que je ne suis pas très tranquille. Il m'envoie un mail, de temps en temps. Il est installé dans la région de Netanya, je ne sais pas où, exactement. Sinon, toute ma famille est en France. Je ne vois pas le rapport, d'ailleurs...

- Je vais vous le dire, moi, le rapport, Monsieur Cohen : je suis censément aux trousses d'un espion du Mossad. J'ai été mandaté pour « atteinte à la sécurité du territoire », Monsieur Cohen ! Et ce que je trouve ne me plait pas du tout, je vous prie de me croire ! Soit quelqu'un s'est foutu de ma gueule, soit c'est vous qui êtes en train de me mener en bateau avec vos histoires de cul à la sauce « mille et une nuits » !

- Je ne me le permettrais pas, Monsieur André.

- Je vous dispense de commentaires. Où sont les photos que vous avez prises de Spacialight ?

- Mais je n'en ai prise aucune, ou plutôt pas directement. Tout ce que vous voyez, c'est un bout du perron et du parking. Je m'en foutais, moi, de Spacialight. Il aurait aussi bien pu être sur la lune, le mari. Ma cible, c'était lui, rien d'autre. J'ai pris trois pellicules et elles sont toutes ici, vous pouvez les compter, si ça vous amuse. Je vous ai même joint le bordereau DHL, si ça vous chante de vérifier. Vos copains de la maréchaussée turque ont dû vous le dire, que j'avais pris trois pellicules. Ils m'ont déjà posé la question au moins quarante fois !

Monsieur André bougonne et rumine

dans sa moustache, embarrassé par les clichés de Michel Demezières qu'il finit par reposer nerveusement sur mon bureau.

- Vous m'êtes sympathique, Monsieur Cohen, et ça m'emmerde, pour ne rien vous cacher.

- A qui le dites vous !

- Il faut que je fasse mon rapport.

- J'espère que vous vous en tirerez. L'entretien est terminé.

Monsieur André se lève, repose sa tasse sur un coin du bureau et s'en va sans se retourner. Trois minutes plus tard, je l'entends démarrer le fourgon.

Ses derniers mots ne sont pas pour me rassurer. Moi qui pensais avoir prouvé ma bonne foi, il semblerait que j'ai manqué de persuasion... à moins que tout le monde se fiche de mes arguments.

A peine le petit bonhomme a-t-il franchi la porte de l'agence que je tente, sans succès, de joindre mon copain des Renseignements Généraux.

Qu'est-ce que ça veut dire, bon sang : « j'espère que vous vous en tirerez » ?

Chapitre XI

Je ne tarde pas à le découvrir.

Deux heures plus tard, c'est l'assaut tant redouté par Cerise. Dans un concert de sirènes, trois voitures de police envahissent le trottoir, juste devant nos fenêtres. Il en sort une bonne douzaine de gugusses, brassard sur la manche, qui investissent l'agence le flingue au poing.

Complètement tétanisée, ma secrétaire manque de glisser sous son bureau.

J'émerge du mien pour me trouver nez à nez avec un grand type brun, en blouson de cuir noir.

- Elie Cohen ?

- Lui-même.

- J'ai un mandat et une commission rogatoire. On vous embarque, madame et vous. J'ai quelques questions à vous poser, le temps qu'on fouille ici.

- Mais enfin, qu'est-ce que vous voulez ?

- C'est à vous de me le dire, Monsieur Cohen. Par ici, s'il vous plaît.

Qu'il nous plaise ou non, nous nous retrouvons dans la rue, exposés aux regards curieux des badauds et des commerçants du quartier, ameutés par le raffut. Pour une sortie triomphale, c'en est une ! Il ne manque plus que le crépitement des flashs ! Je tente de faire bonne figure, souris à la boulangère et me glisse sur le siège arrière de l'une des voitures garées à même le trottoir.

Le grand brun en blouson de cuir s'installe à l'avant, un flic en uniforme grimpe à mes côtés. Direction le commissariat de police, sirène hurlante.

Cerise est emmenée dans un second véhicule. Je m'inquiète plus pour elle que pour moi, mais il est trop tard pour les encouragements. A peine arrivé, le grand brun me conduit dans un bureau à l'étage et me signifie mon placement en garde à vue pour vingt-quatre heures. Je demande à téléphoner à ma femme, à laquelle j'explique brièvement la situation. Compte tenu de ce dont nous avons discuté la veille, elle me paraît à peine surprise et fait preuve de beaucoup de cran. Cela me remonte un peu le moral. Elle va contacter immédiatement un avocat de nos amis et lui demander de rappliquer ventre à terre. Elle me propose également d'appeler le mari de Cerise, qui risque de se ronger les sangs.

Le bureau dans lequel on m'a fait asseoir dispose d'une unique fenêtre, placée haut sur le mur, derrière le siège du flic qui me fait face. Quelques affiches défraîchies vantent les mérites de la police et rappelle les élémentaires consignes de sécurité à prendre pour éviter de se faire dérober son téléphone portable. Leurs couleurs, quoique passées, tranchent avec le blanc pisseux des murs. C'est glauque, et c'est certainement voulu ainsi.

Le chauffage est manifestement déréglé : il fait une chaleur torride.

Seule concession au confort et à la modernité : en lieu et place de la traditionnelle machine à écrire, le bureau accueille un ordinateur et une imprimante.

Mon vis-à-vis me demande de décliner mon identité. Je m'exécute et lui présente mes papiers et ma carte professionnelle, qu'il examine sous toutes les coutures. Je me tais, ne sachant pas vraiment à quelle sauce je vais être mangé. Visiblement, les informations que j'ai fournies à Monsieur « André » ne m'ont pas servi à grand chose. Je décide donc de laisser venir le grand brun, en tentant de garder mon calme. De toutes façons, ils perdent leur temps. Leurs soupçons d'espionnage reposent sur du vent. Je suis bien placé pour savoir qu'ils ne trouveront aucun élément pour appuyer cette théorie fumeuse... Du moins, je l'espère.

Les choses sérieuses commencent une fois les formalités expédiées.

- Monsieur Cohen, avez-vous quitté la France récemment ?

- Récemment ?

- C'est moi qui pose les questions, Monsieur Cohen. Disons, dans les dix derniers mois ?

- Oui.

- Où alliez-vous ?

- En Turquie. Vous voulez voir mon passeport ?

- Où, en Turquie, Monsieur Cohen ? Plus vos réponses seront précises, et moins nous perdrons de temps.

- Ecoutez, vous le savez très bien. Je suis allé à Ankara pour une mission de quatre jours. J'ai atterri le Lundi matin et redécollé le Jeudi après-midi. J'avais été chargé de suivre le mari d'une cliente, qui le soupçonnait de la tromper. J'ai pris trois pellicules de photos du type en question et de ses petites copines turques, je suis rentré, j'ai remis le tout à la cliente, et point à la ligne.

- Pourquoi êtes-vous allé en Turquie, Monsieur Cohen ?

- Mais je viens de vous le dire ! Pour prendre des photos d'un gars qui trompait sa femme ! Elle en avait besoin pour demander le divorce. Ils s'appellent Demezières, Armande et Michel Demezières. J'ai montré tout le dossier pas plus tard que ce matin à votre collègue de la DST, Monsieur André.

- Vous êtes bien renseigné, Monsieur Cohen.
- ...

- Monsieur Cohen, comment avez vous rencontré Armande Demezières ?

- Mais je ne l'ai pas « rencontré » ! Je l'ai reçu à mon cabinet à la fin du mois d'Octobre. Elle avait téléphoné quelques jours avant, pour prendre rendez vous. Je ne sais pas comment elle m'a trouvé, sur le bottin j'imagine. Je suis détective privé ! Les gens qui cherchent un détective privé ouvrent les pages jaunes, tout simplement !

- Et Spacialight, Monsieur Cohen ?

- Quoi, Spacialight ?

- Trois jours de suite, le véhicule que vous aviez loué a été repéré devant les locaux de Spacialight.

- Mais naturellement, puisque c'est là que travaillait le mari! Je n'avais pas d'autre adresse, sa femme pensait qu'il logeait sur place. C'est ce qu'il lui avait raconté. Je vous répète qu'elle voulait savoir ce que fabriquait son mari. L'unique moyen de le découvrir, c'était de le pister à partir du seul endroit où je pensais pouvoir le trouver. Je vous signale que j'ai également passé près de trois nuits devant un immeuble de la banlieue d'Ankara, où habitaient ses deux copines. L'adresse est dans le dossier. Si je m'étais intéressé à Spacialight, expliquez moi ce que j'aurais foutu à planquer là-bas !

- Vous auriez peaufiné votre couverture, Monsieur Cohen...

- Une couverture, quelle couverture, bon sang ? Je n'ai pas besoin de couverture ! Je suis détective privé, on me demande de suivre un gugusse, je le suis ! Qu'il travaille Chez Spacialight ou ailleurs, je m'en fous. Vous n'avez qu'à examiner les photos, elles sont toutes cadrées sur lui ! Elles auraient aussi bien pu être prises n'importe où, on ne voit quasiment rien du site !

- Sur celles que vous avez conservées, Monsieur Cohen, sur celles que vous avez conservées. Où sont les autres ?
- Je vous demande pardon ?

- Où sont les autres photos que

vous avez prises?

- Je n'en ai pris aucune autre ! Je n'avais que trois pellicules, que j'ai fait expédier par DHL. Le reçu est formel. Quant à mes bagages, ils ont été fouillés par la police turque avant que je reprenne l'avion. Et je peux vous dire qu'ils faisaient la tronche, quand ils se sont aperçus que l'appareil était vide.

- Qui avez vous rencontré pendant votre escapade à Ankara ?

- Qui ? Mais pas un chat ! En dehors des planques, je suis resté constamment à l'hôtel. C'est le gars de la réception qui a contacté DHL. Hormis lui, je n'ai parlé qu'à la nana du comptoir Hertz et aux serveurs des deux ou trois bistrots où j'ai pris un café. Et à vos collègues turcs, bien entendu.

- Bien entendu.

Pendant des heures, je repasse la même histoire en boucle. Pendant des heures, il me repose inlassablement les mêmes questions: que faisiez- vous en Turquie, qui avez-vous rencontré, où sont les photos, qu'est-ce que vous cherchiez Chez Spacialight, etc, etc..

En début de soirée, on m'apporte un sandwich et un verre d'eau. On me fait retirer ma ceinture, ma cravate, mes lacets, et on me conduit dans l'un des box grillagés situés à l'arrière du commissariat. Le mur du fond est pourvu d'un banc de bois solidement fixé. J'entame ma première nuit de garde à vue. Aucun signe de Cerise. J'espère simplement qu'ils l'ont relâchée. Je me demande dans quel état est l'agence. Ma femme m'a promis de passer jeter un coup d'œil. Je ne peux que m'en remettre à elle et croiser les doigts pour qu'ils n'aient pas tout saccagé.

Le box contigu au mien est occupé par un gars affalé sur le banc, qui marmonne des propos incohérents en fixant, d'un drôle d'air, le vide devant lui. Impossible de lui donner un âge, avec la barbe crasseuse qui lui mange le visage et le cou. Il me paraît très grand, nettement plus que moi, et excessivement maigre malgré les nombreuses couches de vêtements dans lesquelles il s'est emballé: au moins deux pulls, une veste et un imperméable à la manche gauche à demi arrachée. Un poivrot, ou un clochard...

J'essaye de ne pas lui prêter attention, mais il me repère vite et traverse, d'un pas mal assuré, les deux mètres qui le séparent de notre grillage commun.

- T'as pas une clope ?

- Je ne fume pas.

- T'as pas une clope, une clope,

mec ?

- Je vous dis que je ne fume pas. D'ailleurs, même si c'était le cas, je ne suis pas certain qu'on m'aurait laissé des cigarettes et un briquet...

- Putain, file moi une clope, une cloooopeee euh !!!

Cramponné au grillage, le gars beugle comme un âne, balançant la tête d'avant en arrière. Aux relents de sueur rance qui se dégagent de ses vêtements, je mesure la chance que j'ai de ne pas avoir été collé dans la même cellule que lui... Le policier de quart s'amène au petit trot, l'air rogue.

- La ferme, Momo, on s'entend plus! Tu veux bien baisser d'un ton, ou faut que je m'y mette ?

- T'as pas une clope ?

- On ne fume pas ici, Momo. T'avais qu'à pas te faire ramasser. Tu peux pas avoir le gîte et la cigarette.

- T'attendras demain matin pour en rallumer une.

- Une clooooopeee euh, bordel ! J'demande pas la lune, j'veux juste fumer une clope. Une cibiche pour un pauv' gars, m'sieur l'agent.

Avec un sourire goguenard qui dévoile deux incisives jaunes, Momo esquisse une révérence et s'étale de tout son long. Le flic hausse les épaules et s'en retourne à son poste, dans le hall.

Un peu sonné, le clochard se relève lentement et regagne son banc avec précaution. Il s'affale, la tête tournée vers le mur, et se met quasi instantanément à ronfler bruyamment.

Je me rencogne dans le coin opposé, ruminant mon infortune. Lui, au moins, il réussit à dormir...

Momo nous quitte au petit matin, à moitié dégrisé. C'est le même gars que tout à l'heure qui vient lui ouvrir la grille. Il glisse une poignée de cigarettes dans la poche de sa veste, avec une boîte d'allumettes. Le clochard marmonne dans sa barbe quelque chose qui ne ressemble que de très loin à un merci, mais personne ne s'en formalise. Il fait une sortie remarquée, poussant un vieux chariot rempli de sacs en plastique. « Salut, l'Ankou », lance un flic en civil. Il faut avouer que, courbé derrière sa carriole, tout échevelé qu'il est et maigre à faire peur, Momo a tout du passeur des trépassés gaéliques ! Cette vision achève de me démoraliser.

On me ramène dans le petit bureau à l'étage. L'interrogatoire reprend, identique à la veille. Bizarrement, et malgré la fatigue, je suis rasséréné de constater que le flic – ou plutôt le gars de la DST – en face de moi n'a rien de nouveau à se mettre sous la dent. La perquisition à l'agence n'a pas dû donner les résultats qu'il escomptait. Son humeur s'en ressent.

- On trouvera, Cohen, on trouvera. On a tout notre temps.

- Mais quoi, bon dieu ! Vous trouverez quoi ?! Tout ce que j'ai à vous proposer, c'est un gars qui s'encanaille au bout de vingt cinq ans de mariage et une bonne femme qui me demande de lui apporter des preuves ! C'est lui, qui vous mène en bateau ! C'est lui qui a monté cette histoire bidon d'espionnage, parce qu'il refuse de payer le prix fort ! Son divorce va lui coûter la peau des fesses...

- Il n'y a pas de divorce, Cohen.

- Pardon ?

- Armande Demezières n'a pas demandé le divorce.

- Et alors, en quoi est-ce que cela me concerne, à la fin ? J'ai été mandaté pour une mission de filature, avec un contrat en bonne et due forme dans lequel il est mentionné que je devais me rendre à Ankara, pour pister un cadre de Spacialight. J'ai rempli ma mission à la lettre. Je suis allé en Turquie, j'ai suivi le gars, j'ai pris des photos, j'ai ramené le tout à la dame. Après, ils s'arrangent comme ils le veulent, ce n'est plus mon problème. J'ai fait mon boulot, un point c'est tout !

- Pourquoi êtes vous allé en Turquie, Cohen ?

- Je vous emmerde...

Pourquoi Armande n'a-t-elle pas

demandé le divorce ? Elle avait pourtant l'air décidé à le faire. Et si elle ne l'a pas fait, pourquoi le mari a-t-il monté tout ce bateau ? Cette question me préoccupe jusqu'à l'arrivée de mon avocat, après vingt heures de garde à vue. On nous accorde une demi-heure d'entretien, pendant laquelle je lui explique ce que je sais de la situation.

Maître Moreau est relativement confiant. D'après lui, ils n'ont rien contre moi. Le dossier Demezières est parfaitement en règle, je n'ai rien à me reprocher. Il me suffit de tenir pendant les quatre heures qui restent et je serai libre comme l'air. Je lui demande s'il a des nouvelles de Cerise. Il en a, effectivement et elles sont plutôt bonnes. Elle a été relâchée tout de suite après avoir fait sa déposition. Je retrouve une nouvelle fois le petit bureau de l'étage. Le grand brun m'accueille avec un petit sourire en coin tout ce qu'il y a de déplaisant.

- Vous ne nous avez pas tout dit, Cohen ! -...

- Parlez moi de Monsieur Léon et du virement que vous avez reçu depuis la Suisse.

- Mais je n'ai reçu aucun virement! J'ai immédiatement demandé à la banque de le rejeter, et vous le savez très bien! Quant au dénommé Léon, je l'ai envoyé balader comme un malpropre qu'il était ! Je ne travaille pas avec ces gens-là. Je suis persuadé qu'il était envoyé par le mari pour me mouiller dans un truc pas clair. J'ai même prévenu les Renseignements Généraux. D'ailleurs, je mettrais ma main à couper que c'est Demezières qui vous a parlé de lui !

- 50 000 $, c'est cher payé pour quatre jours de surveillance, non ?

- Comment savez-vous qu'il m'a proposé 50000 dollars ?

- C'est moi qui pose les questions, Cohen !

- Ecoutez, un gars m'a téléphoné un jour, avec un fort accent belge, pour demander à me voir en urgence. A peine débarqué du train, il m'a déballé une mallette pleine de dollars et sorti une histoire à dormir debout à propos d'un ministre et de la femme d'un ambassadeur. Je l'ai viré de ma voiture, avec sa valise, et je l'ai laissé planté sur le trottoir. Des tordus, j'en vois tous les jours, mais celui là était particulièrement gratiné. Je suis certain qu'il ne m'a pas trouvé par hasard et qu'il voulait me faire plonger. Il a récidivé quelques jours après, en tentant de m'expédier un virement que j'ai demandé à ma banque de refuser. Ce n'est qu'hier que j'ai réalisé qu'il devait avoir un lien avec toute cette histoire d'espionnage qu'on voulait me coller sur le dos. Mais je n'ai pas travaillé pour lui, ni accepté le moindre centime de sa part !

- La garde à vue est prolongée de vingt-quatre heures, Cohen, le temps d'éplucher vos comptes. Vous pouvez téléphoner à votre femme.

Je retrouve la petite pièce grillagée et son inconfortable banc de bois. On m'amène un nouveau sandwich. Une barbe naissante me démange salement le visage et je donnerais père et mère pour prendre une douche et boire un café.

Mais je n'ai d'autre choix que de tourner en rond, dans les trois mètres carrés qui m'ont généreusement été alloués. Fort heureusement, je suis seul : pas de poivrot pour me casser les oreilles. C'est déjà un progrès.

On me laisse mariner quelques heures, à peine le temps de m'endormir sur mon banc. Le flic de service me réveille en plein cauchemar. Dans mon rêve, Momo l'Ankou a traversé le grillage et tente de m'étouffer avec l'un des sacs en plastique... Je me lève complètement courbaturé, le moral en bas des chaussettes.

Mon dieu, comment cette histoire de fous va-t-elle se terminer ?

Le flic en tenue me ramène dans le petit bureau de l'étage.

Le grand brun a disparu pour laisser la place à un petit maigre, engoncé dans un costume sombre. Il est plongé dans l'examen de ce qui semble être mon dossier, et ne lève pas la tête à notre arrivée. D'un geste, il demande au gars en uniforme de nous laisser seuls. La porte se referme sans un bruit.

- Elie Cohen ?

- A votre avis ?

- Vous vous êtes foutu dans de biens sales draps, mon ami.

- Je ne suis pas son ami, mais je ne peux qu'abonder dans son sens. Et pourtant, je n'ai fait que mon travail, même si personne ne semble enclin à le reconnaître.

- Votre bureau a été perquisitionné.

- Je sais, votre collègue me l'a dit.

- Nous avons trouvé deux ou trois choses intéressantes. Vous êtes bien équipé, Monsieur Cohen... bien équipé, pour un détective privé.

- Cela fait partie de mon travail.

- Certes, certes. Mais la caméra

infrarouge...

- Je ne vois pas ce que la caméra vient faire ici ?

- Nous avons aussi trouvé ceci, Monsieur Cohen.

Mon interlocuteur glisse sa main droite dans l'un des tiroirs du bureau et en ressort un petit coffre de buis, au couvercle gravé. Il m'a été offert lorsque je suis entré en franc-maçonnerie.

C'est un engagement très personnel dont je ne fais pas état, mais j'apprécie d'avoir, sur mon bureau, cet objet qui en est le signe.

- Ceci vous appartient, n'est-ce pas ?

- Effectivement.

- C'est très intéressant (il marque une pause, retournant le petit coffre dans ses mains). Je vous le rends. Prenez en soin.

- Je n'y manquerai pas, dès que je serai sorti d'ici.

- Vous êtes libre, Monsieur Cohen.

- Je vous demande pardon ?

- Vous êtes libre, Monsieur Cohen, aucune charge ne sera retenue contre vous, mais nous conservons le dossier Demezières.

- C'est parfaitement illégal, vous ne pouvez pas...

- Monsieur Cohen, le devoir d'entraide fraternelle a ses limites et vaut pour tous les frères. Estimez vous heureux de vous en tirer à si bon compte.

- Je ne vous retiens pas, vous

récupérerez vos autres effets personnels en bas.

Je sors du bureau avec le petit coffre. Cette boîte ne signifie rien à ceux qui n'en connaissent pas la symbolique, mais je retourne, par réflexe, le couvercle contre ma paume. Je sens la gravure au creux de ma main.

Le flic de garde me rend ma ceinture, ma cravate, mes lacets et mes papiers.

Je signe le reçu qu'il me tend et me précipite dans la rue à peine rhabillé. J'ai irrésistiblement besoin d'air.

Il me reste juste assez de batterie pour appeler ma femme avec mon téléphone portable. Elle passe me chercher quelques minutes plus tard. La voir arriver, au volant de la voiture, est un véritable soulagement. Nous nous serrons violemment dans les bras l'un de l'autre, comme si notre séparation avait duré des mois ! Elle m'explique qu'elle n'a rien dit aux enfants, qu'elle leur a fait croire que j'étais parti sur une nouvelle mission, mais que toute la ville est au courant de ma mésaventure.

Le mensonge ne tiendra pas longtemps et les gamins vont avoir fort à faire, dans la cour de l'école.

Chapitre XII

Je retourne à l'agence dès le lendemain matin. Les voisins me regardent passer d'un drôle d'air. Comme je le craignais, il y a un bordel sans nom dans les bureaux. Les dossiers ont été empilés sur les meubles, par terre..., il n'y a plus rien dans les armoires.

A contempler le désastre, je sens mon courage m'abandonner. J'ai besoin d'un café. Je cherche désespérément la machine, qui a disparu de son socle. Je la retrouve sous mon fauteuil, sous un monceau de paperasse. Les caméras ont été débranchées, tout comme le climatiseur.

Il me faut la journée entière pour réparer les dégâts. La plupart des dossiers ont été mélangés, je dois tout reclasser dans les pochettes éparpillées sur le sol. Deux cadres, avec des photos de vacances, ont été cassés dans la bagarre.

Cerise ne donne pas signe de vie de toute la journée. Elle a envoyé un arrêt de travail pour « surmenage ». Depuis que nous collaborons, c'est la première fois qu'elle me fait ainsi faux bond.

J'espère simplement que l'épisode que nous venons de vivre ne l'a pas trop secouée.

Avoir remis l'agence en ordre de marche me redonne un certain courage. La tempête est derrière moi mais il va maintenant falloir faire avec ses conséquences, que j'ai encore du mal à imaginer. Comment mes clients et mes confrères vont ils réagir en apprenant cette histoire ? Par association d'idée, je décide d'appeler Armande Demezières.

Le téléphone sonne désespérément dans le vide. Personne ne décroche avant que le répondeur se mette en marche. Je laisse un message laconique, expliquant que je souhaiterais m'entretenir avec elle des suites de son affaire, qui a pris, pour ce qui me concerne, des proportions inattendues.

Le lendemain, Cerise fait sa réapparition.

Elle a une petite mine mais semble avoir mieux tenu le coup que ce que je craignais. Sous ses dehors de petite souris, c'est une femme solide.

- Excusez moi, pour hier, mais mon mari tenait à ce que je me repose.

- Je comprends, Cerise, pas besoin de vous excuser pour si peu.

- Vous savez, il voudrait que je change de travail. Mais j'aime mon métier et je vous apprécie, je sais que vous êtes quelqu'un d'honnête. C'est ce que j'ai dit à la police, d'ailleurs.

- Je n'en doute pas. Mais si vous partez, je le comprendrais parfaitement. Ces dernières semaines ont été un peu mouvementées...

- Justement, j'en viens à me demander si ce n'est pas ce qui me plait. Je crois que je m'ennuierais, dans un bureau où il ne se passerait rien... Un peu de café, Monsieur Cohen ?

C'est elle qui s'efforce de redorer notre blason auprès des divers commerçants du quartier, la boulangère, le marchand de journaux, le primeur du coin de la rue auquel elle achète les pommes qu'elle croque à longueur de journée. Elle répète à qui veut bien l'écouter que nous avons été victimes d'une «affreuse méprise». Je croise les doigts pour qu'elle soit entendue, mais j'ai bien peur qu'il faille encore du temps pour que les riverains cessent de nous regarder avec suspicion. Les rumeurs ont la vie dure. Il faut des années pour asseoir une réputation, et quelques minutes pour la réduire en miettes. Je suis désormais bien placé pour le savoir. Nous passons les semaines qui suivent dans la hantise de voir se pointer à nouveau les flics et tout leur tremblement. Chaque matin, j'appréhende le retour de la fourgonnette blanche...

Quelques évènements de moindre importance me laissent en effet supposer que la surveillance ne s'est pas encore tout à fait relâchée.

Un matin, au réveil, je constate que notre appartement a été visité dans la nuit. Des petits meubles ont été déplacés, les vitrines de la bibliothèque ouvertes... La veste que j'avais déposée sur une chaise du salon a disparu, ainsi que le sac à main de ma femme.

La porte n'a pas été forcée, ni la fenêtre. Des traces de pas, au pied de la façade, côté jardin, me confirment que les cambrioleurs ont escaladé les quatre étages, certainement en s'aidant des balcons. Dans la résidence, personne n'a rien vu ni rien entendu. Nous retrouvons l'intégralité de nos effets éparpillés sur la pelouse d'une maison voisine, bien en évidence... Comme si quelqu'un avait simplement voulu nous faire savoir qu'il pouvait pénétrer chez nous à n'importe quel moment, au cas où il jugerait utile de venir y fouiller. Cette intrusion à mon domicile, dans l'intimité de ma vie privée, et la menace implicite qu'elle fait peser sur les miens, me font froid dans le dos.

Je m'emploie pourtant à persuader ma femme que nous avons été victimes de classiques voleurs, mais j'ai moi-même peine à croire à ce que je raconte : est-ce que des cambrioleurs « classiques » auraient dédaigné le contenu de nos porte-monnaie et les quelques objets de valeur qui traînaient dans le salon, et qu'ils avaient tout le loisir d'emporter avec eux ?

A l'agence, nous continuons pendant un certain temps à recevoir des coups de téléphone étranges. Le dernier en date est celui d'une femme qui me propose d'embaucher son petit ami, en se recommandant d'une relation commune dont elle préfère cependant taire le nom.

Chat échaudé craint l'eau froide, comme dirait l'autre. Je lui demande pourquoi ce n'est pas son « copain » qui fait directement la démarche. Elle me répond qu'il ne parle pas le français, mais qu'il pourrait certainement m'être très utile dans des affaires délicates en pays étrangers, dans les anciennes républiques du bloc de l'Est, par exemple... Bref, elle finit par me faire comprendre qu'il est un ancien agent du KGB et qu'il n'a toujours pas de papiers en règle. Excédé, je lui raccroche au nez.

Je vérifie son numéro de téléphone, que j'ai pris le temps de relever pendant notre conversation. Comme par hasard, elle travaille pour le même groupe que Michel Demezières...

Dans le quartier, les gens racontent que je fais travailler des étrangers et des russes... Cerise a fort à faire pour calmer le jeu. Après notre arrestation mouvementée, c'est encore un coup dur. Les voisins commencent certainement à se dire qu'il n'y a pas de fumée sans feu.

Certains de mes confrères et nombre de mes amis se posent également des questions. Les plus compatissants me font comprendre, à mots couverts, qu'ils pensent que j'ai été piégé et certainement conduit à « faire des trucs louches », même si je ne veux pas le reconnaître. Personne ne peut admettre, en effet, que les choses aient pu aller si loin pour une simple histoire de fesses. Et pourtant ! Je me tue à leur répéter que je n'ai fait que suivre un mari volage... qui avait le bras long au point de mobiliser ses relations au plus haut niveau de l'Etat. Tout ça pour me discréditer, discréditer le rapport que j'avais rédigé sur son compte et éviter de payer une pension alimentaire! C'est tellement énorme que je comprends que certains en restent sceptiques.

Les affaires s'en ressentent et ne reprennent que mollement. La belle année que j'escomptais n'est plus qu'un lointain souvenir. Heureusement pour nous, le rayon d'action de l'agence s'étend bien au-delà du périmètre local dans lequel notre mésaventure s'est ébruitée. Les «frangins» ont bien fait les choses.

Aucun écho n'a filtré dans la presse, dont j'imagine, avec une angoisse rétrospective, les gros titres : « Elie Cohen au petit pied, l'espion ressuscité se casse les dents sur la DST ! »

Chapitre XIII

Juillet 2000

Une chaleur lourde a envahi Paris et ma banlieue, quasiment désertée des ses habitants partis batifoler sous des cieux plus accueillants.

Ma femme, les enfants et moi nous apprêtons à faire de même, impatients de profiter de quelques semaines de vacances après les mois difficiles que nous venons de traverser. Pour emmerder les flics, j'ai décidé que c'était le moment où jamais d'aller rendre visite à mon cousin de Netanya.

A la rentrée, les gamins changeront d'école. Cela vaudra mieux pour tout le monde. Ils ont fini l'année scolaire sur les dents, obligés de faire le coup de poing à chaque récréation pour défendre « l'honneur de papa ». C'est fou, ce que les gosses peuvent être cruels entre eux ! Dire que ce sont les mêmes qui fantasment sur leur père détective privé qui ont été les plus virulents avec eux !

Encore quelques heures avant de fermer l'agence pour quelques semaines de repos, quand le téléphone sonne quelques petites minutes après le départ de Cerise.

- Monsieur Cohen ?

- Lui-même.

- Armande Demezières. Il faut que je vous parle. Je suis à quelques minutes de votre bureau. Accepteriez-vous de me recevoir tout de suite ?

Depuis le temps que je l'attendais, cet appel ! Bien sûr que j'accepte. Je lui demande même de rappliquer au grand galop, parce que j'ai des explications à lui demander. Elle se présente un instant plus tard. Elle a dû me téléphoner depuis le coin de la rue, ou quelque chose dans le genre. Malgré la chaleur, elle n'est ni essoufflée ni en sueur.

Ce soir, elle porte les cheveux dénoués, parfaitement lissés sur les épaules. Elle a troqué son tailleur gris contre une jupe en lin beige, qui descend à mi-jambe, et un débardeur blanc signé d'une marque discrète. La montre au bracelet fauve orne toujours son poignet droit, mais l'alliance a disparu. A la place, une bague coûteuse, ornée d'un énorme grenat qui brille de tous ses feux.

> - Je me suis blessée en l'enlevant.

Elle a suivi mon regard et me présente sa main, à hauteur du visage. Sous l'anneau, je distingue une mince cicatrice rosée. A croire qu'elle l'a arrachée avec une pince, son alliance !

- J'ai choisi celle-ci pour masquer les traces. Je vous dois des excuses, Monsieur Cohen. Je ne pensais pas que les choses iraient aussi loin. Je crois savoir que vous avez eu quelques ennuis à cause de moi, et j'en suis sincèrement navrée.

- Pas autant que moi.

- Ecoutez, je savais ce dont mon mari était capable, mais je n'aurais pas imaginé qu'il puisse faire ce qu'il a fait.

- Ce qui me surprend, c'est ce que vous avez fait, vous. Je croyais que vous vouliez demander le divorce...

- C'était aussi ce que je croyais. J'ai envoyé votre rapport à l'avocat, qui l'a fait suivre au juge. Mais Michel a refusé de divorcer. Comment vous dire...

Il m'a expliqué qu'il allait rentrer en France, que les jeunes femmes des photos n'étaient que des amies, deux sœurs qu'il avait prises en affection parce qu'elles venaient de perdre leurs parents dans un attentat, que l'une d'elle était son assistante et qu'elle lui avait sous-loué une pièce pour arrondir ses fins de mois... Je l'ai cru, parce que j'avais envie de le croire. Vous m'aviez dit vous-même que vous n'aviez pas vu de geste vraiment compromettant de sa part, j'ai pensé que je pouvais lui laisser une chance. Vingt-cinq ans de mariage, ce n'est pas rien, tout de même. Michel a joué sur l'envie qu'il me connaissait de m'occuper d'enfants en difficulté, il m'a fait croire qu'il me soutiendrait, qu'il m'aiderait à monter un projet... Bref, j'ai renoncé à demander le divorce et envoyé une lettre au Juge en expliquant que je m'étais trompée. J'ai récupéré le rapport que vous m'aviez remis et les photos, et j'ai renvoyé le tout à Michel, en signe d'apaisement. Puis j'ai attendu qu'il revienne. Cela devait se faire au mois de mars, mais il n'est pas rentré. J'ai tenté de le joindre à plusieurs reprises, mais il ne m'a pas répondu. Après, j'ai appris que vous aviez eu des problèmes...

- Effectivement, et ce n'est rien de le dire. Nous avons été arrêtés, ma secrétaire et moi, avec tambours et trompettes. J'ai passé trente six heures en garde à vue, l'agence a été saccagée, votre dossier m'a été confisqué, tout ça parce que votre charmant mari avait jugé bon de faire croire que j'étais un espion à la solde d'Israël ! Ce que je ne comprends pas, c'est pourquoi il s'est donné tant de mal alors que vous aviez retiré votre requête en divorce.

- Pour le dossier. C'est le dossier qu'il voulait, avec les photos. Tant que vous aviez ces éléments, il savait qu'il courait un risque devant un juge, il a voulu vous impressionner pour les récupérer. Il vous a envoyé un de ses sbires, pour tenter de vous acheter...

Comme j'ouvre des yeux ronds, surpris qu'elle soit aussi bien renseignée, elle a un petit haussement d'épaules :

- Il m'a tout raconté, histoire de bien enfoncer le clou. Comme vous n'avez pas marché, il est passé à la vitesse supérieure. Il a répandu en haut lieu le bruit qu'il était surveillé par des agents étrangers, et fourni des éléments qu'il avait récupérés auprès de ses amis de la police turque. Il leur a mâché tout le travail, jusqu'à ce qu'ils viennent vous arrêter ici. Une fois qu'il a récupéré le dossier, il m'a envoyé un de ses émissaires.

- Pardon ?

- Je crois d'ailleurs que c'est celui auquel vous avez eu à faire. Un grand blond, avec l'accent belge.

- Monsieur Léon ?

- C'est ça, Monsieur Léon. Il est passé un soir m'expliquer, oh, très gentiment, qu'il valait mieux pour moi que je me calme. Que je profite de ma maison, de ma petite pension, que je prenne un amant si cela me chantait, mais que mon mari n'accepterait jamais de divorcer et de partager avec moi. Que je n'avais que ce que je méritais et que je ferais mieux de m'en contenter, si je tenais à ma peau. Un accident est si vite arrivé...

- Il vous a menacée ?

- Non, pas directement. Mais il m'a fait comprendre qu'il valait mieux que je me tienne tranquille. Je sais que Michel me fait surveiller, discrètement, et je ne veux pas attirer de nouveaux ennuis à qui que ce soit. Vous savez, il m'a fait passer pour folle auprès de mon avocat.

- Mais je croyais que votre mari n'était qu'un simple cadre, certes haut placé dans une entreprise d'envergure internationale, mais tout de même. Comment se fait-il qu'il ait autant d'appuis ?

- C'est la force du réseau, Monsieur Cohen. Les gens comme Michel ont mis des années à tisser leur réseau de relations et de compromissions. Et, un jour ou l'autre, ils l'actionnent.

La blonde Armande, que j'aurais plutôt vue brune, me quitte avec un petit sourire contrit. Pour ma part, je reste dubitatif. Je ne comprends toujours pas comment un homme peut déployer autant d'énergie pour préserver une double vie dont, visiblement, seule l'une des facettes l'intéresse. Mais c'est ainsi. Michel Demezières a préféré «actionner son réseau» et mettre en branle jusqu'aux services de la DST, plutôt que de payer un centime de plus à sa femme.

Reste à espérer que ceux qui se sont

fait piéger par son histoire sauront lui rendre la monnaie de sa pièce.

Monsieur André, si le cœur vous en dit...

FIN

L'écriture de ce roman s'est achevée en juin 2005.

Elie Cohen est détective privé installé depuis 1992

http://www.leprive.org

Merci à Charly pour ses conseils,

A Gaëlle, pour son aide,

A Anne pour sa compréhension,

A ma famille pour leur encouragement.

Composition :

Impression réalisée sur les presses de l'imprimerie
BBI à Neuilly sur Marne pour le compte de l'auteur
en Novembre 2005

N° d'enregistrement :

181514

Imprimé en France

N° d'éditeur :

978-2-9525630

ISBN :

2-9525630-1-7

EAN :

9782952563017

Couverture : Elie Cohen

Photos : Elie Cohen